Pacte avec un roi

NATALIE ANDERSON

Pacte avec un roi

Traduction française de
ÉLISABETH MARZIN

Azur

HARLEQUIN

Collection : Azur

Titre original :
THE KING'S CAPTIVE VIRGIN

HARPERCOLLINS FRANCE
83-85, boulevard Vincent-Auriol, 75646 PARIS CEDEX 13
Service Lectrices — Tél. : 01 45 82 47 47

www.harlequin.fr

ISBN 978-2-2804-1332-9 — ISSN 0993-4448

1.

— Comment ça, depuis la fin de la matinée ?

Le roi Giorgos Nicolaides, pourtant réputé pour son sang-froid, n'était pas loin de laisser exploser sa colère.

— Personne n'a vu la princesse Eleni depuis la fin de la matinée et je ne l'apprends que maintenant ?

Le soir était en train de tomber !

— Elle est entrée dans l'hôpital mais elle n'est jamais arrivée dans le service où elle a l'habitude de visiter les malades, expliqua le chef de la sécurité, très pâle.

Giorgos dut faire appel à toute sa volonté pour ne pas partir en courant ratisser la ville à la recherche de sa sœur.

Respire. Réfléchis. Décide.

— Où est-elle allée ?

— C'est ce que nous travaillons à découvrir, Votre Majesté. Tous mes hommes sont à sa recherche.

— Je suppose que vous avez visionné les enregistrements des caméras de surveillance ?

Giorgos crispa les poings. Pourquoi la soi-disant unité d'élite chargée de la sécurité du palais avait-elle attendu aussi longtemps pour le prévenir ? Inacceptable !

— Il faut congédier son garde du corps, intima-t-il sèchement, poussé par le besoin impérieux de faire quelque chose. Je veux qu'il s'en aille dès qu'on l'aura retrouvée.

— Très bien, Votre Majesté, répliqua le chef de la sécurité avant de s'éclipser.

Giorgos serra les dents. D'autres têtes tomberaient dès

que la situation serait sous contrôle, mais pour l'instant il avait besoin de tous ses gardes « d'élite » sur le pied de guerre pour tenter de retrouver Eleni. De la secourir. Parce qu'elle avait été kidnappée. Il n'y avait aucun doute là-dessus. Elle n'aurait jamais quitté l'hôpital de son plein gré. Mieux valait ne pas imaginer les intentions des ignobles monstres qui l'avaient enlevée… Il se mit à arpenter la salle. *La retrouver.* Il fallait juste la retrouver. *Vite.*

— Votre Majesté…

— Oui ?

— Un des enregistrements montre…

— Quoi donc ?

Le chef de la sécurité tourna vers le roi l'écran de l'ordinateur portable qu'il tenait dans les mains. L'image avait un aspect granuleux, mais l'identité de la femme filmée ne faisait aucun doute. Giorgos regarda sa sœur cadette s'éloigner de l'hôpital en compagnie d'un homme de grande taille et monter avec lui dans une voiture garée dans une rue adjacente. Apparemment, elle ne l'avait pas suivi sous la contrainte. Le sang de Giorgos était si glacé dans ses veines qu'il en frissonna. Sa sœur avait *choisi* de partir. Le jour de l'arrivée de son fiancé, elle avait choisi de s'enfuir avec un autre homme. Un individu dangereux. Ça se voyait au premier coup d'œil. Tête haute, démarche assurée, tout indiquait qu'il était d'une arrogance extrême. Il n'avait pas peur d'être vu et il savait ce qu'il voulait. La princesse Eleni Nicolaides. Cet homme était un séducteur. Un coureur… Giorgos en était d'autant plus convaincu qu'à une époque il en avait été un lui-même. Il crispa les poings, bouillonnant de rage. Ce n'était pas à sa sœur qu'il en voulait mais à lui-même. Eleni était jeune, naïve, innocente et elle avait été dupée. Il n'y avait aucun doute là-dessus. L'unique responsable c'était lui. Il aurait dû mieux la protéger… Pourtant, il avait fait tout son possible. Comment cet homme avait-il pu avoir accès à elle ? C'était incompréhensible.

— Qui est-ce ? demanda-t-il dans un souffle.

Avant que l'officier ait le temps de lui répondre, son portable sonna. Ils échangèrent un regard entendu. Ils savaient l'un et l'autre que très peu de gens avaient son numéro. Inspirant profondément, Giorgos sortit l'appareil de sa poche et prit l'appel.

— Giorgos, c'est moi.

— Eleni ! Où es-tu ? s'exclama-t-il, submergé par un vif soulagement. Reviens au palais *immédiatement*.

— Non, Giorgos. J'ai besoin de temps pour réfléchir.

— Réfléchir ? À quoi ? Ton fiancé est déjà arrivé. As-tu oublié que tu dois partir en voyage officiel avec lui ?

Il la revit en pensée s'en aller tranquillement avec cet autre homme. Tourner le dos à son devoir, à son pays. Comment avait-elle pu ? Il ne l'aurait jamais crue capable de ça. Elle avait toujours assumé son rôle et accepté son avenir. Tout était planifié depuis plus de deux ans. Elle savait qu'en tant que membres de la famille royale, ils n'étaient pas entièrement maîtres de leur destin.

— Je ne peux pas, Giorgos.

— Tu ne peux pas quoi ? s'exclama-t-il, à bout de patience.

Il y eut un long silence.

— Je suis enceinte.

Il ferma les yeux. *Enceinte*. Ce mot le transporta des années en arrière, vers une autre époque… Une autre femme.

— Le prince Xander n'est pas le père, ajouta-t-elle.

Il serra les dents. Son pire cauchemar devenait réalité.

— Qui ? finit-il par demander. *Qui* ?

— Ça n'a pas d'importance…

— Je le tuerai. Je le… Dis-moi son nom.

— Non.

— Dis-moi son nom, Eleni !

— Arrête, Giorgos. Sinon je jure que je ne reviendrai jamais. Je disparaîtrai.

Il resta muet de stupeur. Eleni lui avait coupé la parole ? Elle ne faisait *jamais* ça. Elle ne jurait jamais, ne répondait jamais. Et elle se permettait encore moins de proférer des menaces. Qu'était-il arrivé à sa sœur ? Un autre souvenir s'imposa à lui. Celui de sa propre dispute avec son père. De sa rébellion aux conséquences désastreuses. La témérité et les actes impulsifs déclenchaient des catastrophes. La dernière chose qu'il souhaitait c'était que sa sœur soit accablée de remords toute sa vie. Il connaissait trop bien le poids insupportable de ce fardeau.

— Peu importe qui c'est, poursuivit-elle d'un ton ferme. Il ne m'a pas séduite. J'étais consentante. C'est moi qui ai commis cette erreur, Giorgos. Et c'est moi qui dois la réparer. Dis au prince Xander que je suis malade. Dis-lui que je me suis enfuie. Dis-lui ce que tu veux. Mais je ne vais pas l'épouser. Je ne vais pas revenir. Pas encore. Pas avant d'avoir pris une décision.

Il parvint à grand-peine à retrouver sa voix.

— Tu es avec lui ?

— Oui, mais je ne vais pas l'épouser lui non plus.

Il marmonna un chapelet de jurons. Elle était si naïve…

— Cet enfant est le mien. Pur Nicolaides, insista-t-elle. Puis sa voix se radoucit, prenant les inflexions suppliantes auxquelles il était rarement capable de résister.

— Et, s'il te plaît, ne reproche pas à Tony d'avoir perdu ma trace. Il n'y est pour rien.

— Ton garde du corps ignore où tu es. Ça prouve son incompétence. Il a été renvoyé.

— Mais il n'est pas responsable ! Je lui ai dit…

— Des mensonges. Mais sa mission était de ne pas perdre ta trace. Sa situation ne te regarde pas.

— Mais…

— Tu aurais dû réfléchir aux conséquences de tes actes, Eleni. Ils en ont pour tout le peuple de Palisades.

Giorgos ferma de nouveau les yeux. Il fallait à tout prix lui faire entendre raison.

— Comment vais-je faire pour éviter un scandale, Eleni ? demanda-t-il d'une voix aussi douce que possible, en se forçant à penser à elle et non à son propre passé.

Le passé ne pouvait pas être changé. Mais l'avenir ? Il pouvait contribuer à sa construction. Il était prêt à tout pour sa sœur. C'était la moindre des choses, puisque c'était à cause de lui qu'elle n'avait pas de père.

— Je suis désolée. Je suis prête à assumer mes responsabilités. Je te rappellerai quand je pourrai.

Giorgos resta immobile, dos à son chef de la sécurité, pendant un long moment après qu'elle eut raccroché. Le risque de la perdre était immense… mais c'était tout simplement hors de question. Sa sœur était la seule famille qui lui restait et il avait juré de la protéger.

— Il s'appelle Damon Gale…

Giorgos prit une profonde inspiration, puis il se retourna.

— Tout. Je veux savoir absolument tout de lui. Qui il est et ce qu'il fait. Le nombre de fois où il a passé la frontière et les dates exactes. Je veux *tout*. Aucun détail n'est insignifiant.

— Nous sommes en train de constituer un dossier.

— Je le veux dans moins d'une heure.

De nouveau seul, Giorgos se remit à arpenter la pièce. Comment cet homme avait-il rencontré Eleni ? Quand avait-il eu l'occasion de la séduire ?

Un quart d'heure plus tard, le chef de la sécurité revint.

— Nous avons passé au crible tous les enregistrements de vidéosurveillance du palais à l'aide d'un système de reconnaissance faciale…

— Et ?

— Apparemment, M. Gale faisait partie des invités du bal de l'hôpital le mois dernier.

— Le bal de l'hôpital ? répéta Giorgos, abasourdi.

Il regarda l'écran de l'ordinateur portable que l'homme

avait apporté. Une série de quatre images figées était disponible. La soirée annuelle de collecte de fonds pour l'hôpital était un bal masqué, et pourtant Damon Gale n'avait pas pris la peine de dissimuler son visage. Il était arrivé avec une femme, mais il avait été filmé en train de déambuler dans la salle de bal en compagnie d'une autre. Une femme grande et mince, vêtue de bleue. Malgré son masque et sa perruque, Giorgos reconnut sa sœur. Ce minable avait séduit Eleni au palais ! Sous son nez ! Il avait eu l'audace de laisser tomber sa cavalière pour aborder la princesse ! Vibrant de colère, Giorgos reporta son attention sur la première image et étudia la femme qui accompagnait Gale. Elle ne portait pas de masque non plus. Et elle était superbe. Il y avait des femmes jolies et des femmes belles. Il en avait rencontré beaucoup des deux catégories — top models, actrices, héritières. En assez grand nombre pour être blasé… Mais celle-ci se détachait nettement du lot.

Arborant un air à la fois serein et hautain, et exhibant subtilement ses courbes voluptueuses, elle avait une épaisse chevelure noire attachée en queue-de-cheval basse qui descendait jusqu'à sa taille et en soulignait la finesse. Mais malgré sa silhouette de rêve, c'était avant tout son visage qui retenait l'attention. Yeux immenses, nez retroussé, lèvres pulpeuses, symétrie parfaite, il était d'une beauté à couper le souffle. Elle était indéniablement parfaite. Tout en elle respirait la sensualité. Avec un physique aussi sublime elle ne pouvait pas ne pas être consciente de son pouvoir. Sa robe en était la preuve. Une robe qui couvrait son corps tout en le moulant. Une robe qu'elle avait de toute évidence choisie pour mettre en valeur chacune de ses rondeurs. Giorgos était en proie à une colère noire. Il connaissait bien les femmes séduisantes qui jouaient avec les hommes. Qui les trahissaient… Mais pourquoi Gale avait-il délaissé celle-ci et pris Eleni pour cible ?

— Imprimez-moi cette photo, ordonna-t-il d'un ton vif.

— De M. Gale ?

— Des deux. Qui est cette femme ?

Pourquoi cet homme avait-il entrepris de séduire sa jeune sœur alors qu'il était arrivé avec cette créature de rêve ? Quel rôle avait joué cette… vipère ?

— Son nom est Kassiani Marron. Tout le monde l'appelle Kassie et elle travaille à l'hôpital.

La fureur de Giorgos monta encore d'un cran.

— *Mon* hôpital ? C'est elle qui a amené cet homme au palais ?

— En fait, c'est M. Gale qui était invité. Elle l'accompagnait.

Giorgos réprima un juron. Elle était venue avec Gale… Il l'avait invitée à l'accompagner au bal et pourtant il avait des vues sur Eleni ? C'était insensé. Cette femme était si sexy…

— Mlle Marron est la demi-sœur de M. Gale, ajouta le chef de la sécurité. Elle est la fille illégitime de John Gale. Le père de Damon. Un diplomate américain.

La demi-sœur de Damon… Bien sûr. Ça expliquait tout. Elle était l'équivalent féminin de son coureur de frère. Une satisfaction intense submergea Giorgos, transformant sa fureur en une tout autre émotion. Une émotion qu'il n'avait pas envie — et pas le temps — d'analyser. Il étudia de nouveau l'image en s'efforçant de réfléchir. La vipère devait avoir des informations. La vipère devait avoir des réponses. C'était elle qui allait payer…

— Où est-elle ?

— À l'hôpital. Voulez-vous que je vous l'amène ?

— Non. Je vais aller là-bas moi-même.

— Votre Majesté ?

Devant l'air interloqué de l'officier, Giorgos secoua la tête. Comme s'il y avait un seul membre de l'équipe de sécurité sur lequel il pouvait compter… Ils avaient perdu Eleni et ils avaient attendu la fin de la journée pour l'en informer ! Non. *Non*. C'était un problème de la plus haute importance, qui exigeait de la subtilité et surtout du sang-froid. Une qualité dont il était pourvu en abondance. Il devait mener l'interrogatoire lui-même. Il arracherait à cette femme toutes les informations possibles. Quelle que soit la méthode à employer.

— Faites venir ma voiture. Immédiatement.

— Tu ne devrais pas travailler tard un vendredi soir.

L'interne se pencha vers Kassie — trop près — avec un sourire enjôleur.

— Tu devrais venir dîner avec moi.

Inspirant profondément, elle s'écarta de lui et répondit sur un ton courtois mais ferme :

— Je ne termine ma journée que dans une demi-heure.

— J'ai une réservation dans un restaurant très sympa.

— Et bien sûr, tu ne veux pas que cette réservation se perde, rétorqua-t-elle en gardant son sourire poli aux lèvres.

Cet homme n'était sans doute pas désagréable, mais sortir avec lui ne lui disait rien. Tristement, c'était un énième non de sa part.

— Heureusement, il y a plein d'autres filles sur le point de finir leur journée, ajouta-t-elle.

— Mais elles ne m'intéressent pas. La seule avec qui j'ai envie de sortir c'est toi.

Elle réprima un soupir. Combien de fois avait-elle entendu ce genre de propos ?

— Tu ne me connais même pas.

Mais il avait entendu parler d'elle. Elle le savait.

— Tu sais bien que Kassie ne sort jamais avec des collègues, intervint Zoe, une des infirmières, en souriant et en lançant à Kassie un regard de solidarité féminine. Pourquoi n'invites-tu pas Terese ? Elle est très drôle et elle danse super-bien.

Deux choses qu'on ne pouvait pas dire d'elle, songea Kassie. Évitant le regard de l'interne, elle remercia silencieusement Zoe d'être venue à son secours. L'interne finit par se tourner vers cette dernière.

— Et toi ? Quels sont tes projets pour ce soir ?

Zoe haussa les épaules et son sourire devint charmeur.

— À toi de me le dire.

Il lui rendit son sourire.

— Dans une demi-heure à l'entrée.

Puis il s'éloigna dans le couloir après avoir lancé un regard suffisant à Kassie. L'infirmière gloussa avant qu'il soit hors de portée de voix et se tourna vers Kassie.

— Tu es sûre que tu n'avais pas envie de sortir avec lui ? Il est super-sexy.

— Dr Sexy est tout à toi. Et merci.

— Oh ! non… Merci à toi ! Je suis ravie de t'en débarrasser.

Rassurée, Zoe se remit à glousser.

— Je ne comprends pas pourquoi tu ne veux jamais sortir avec aucun médecin. Si j'étais toi, je…

— Reprendrais mon travail… Ce que je vais faire, coupa Kassie tout en adressant à Zoe un sourire reconnaissant.

Sortir avec des hommes était inutile. Elle ne ressentait rien. Mais ce n'était pas grave. Elle l'avait accepté depuis longtemps et elle avait choisi de se concentrer sur sa carrière.

Zoe s'était détournée et Kassie prit conscience de son silence soudain. En fait, il régnait un silence inhabituel dans le service. Parcourue d'un frisson étrange, elle se retourna.

— Bonsoir.

Elle regarda l'homme qui se tenait devant elle et ouvrit la bouche, mais aucun son n'en sortit. Elle était réduite au silence par l'éclat de ses yeux verts et par son regard glacial. Hébétée, elle continua de le regarder sans rien dire. Cet homme n'était pas n'importe qui. Elle avait l'habitude de voir la sœur du roi, la princesse Eleni, à l'hôpital, mais pas le roi Giorgos lui-même. Depuis combien de temps était-il là ? Avait-il entendu toute la conversation ? Que faisait-il là ? Pourquoi sa visite n'avait-elle pas été annoncée ? Pourquoi les gardes du palais n'avaient-ils pas sécurisé les lieux comme à chaque visite d'un membre de la famille royale ?

Un milliard de pensées envahirent son esprit, mais celle qui dominait était à la fois la plus banale et la plus extraordinaire. *Le roi Giorgos est incroyablement séduisant.*

Elle n'avait jamais vu le roi de près. Et elle n'avait jamais imaginé qu'il pouvait être aussi beau dans la réalité que sur les photos. Eh bien, il l'était encore plus. Et il avait une présence impressionnante. Son costume à la coupe impeccable laissait deviner un corps d'athlète. Et une virilité exubérante. Dangereuse. *D'où sortait cette idée ridicule* ?

Le roi était grand, brun et séduisant ? Et alors ? Elle le savait. Tout le monde le savait. Mais où étaient-ils tous passés ? Où était son chef de service ? Détachant ses yeux de la personne du roi, elle vit Zoe à quelques mètres qui s'éloignait avec un soldat.

— Savez-vous qui je suis ? demanda ce dernier.

Elle reporta son attention sur le bloc de virilité qui lui barrait le passage. Bien sûr qu'elle le savait.

— Oui.

Elle se maudit aussitôt pour la brièveté de sa réponse.

— Monsieur, ajouta-t-elle. Je veux dire… Votre Altesse.

Oh ! mon Dieu, serait-elle troublée ? Cela ne lui arrivait jamais… Le roi qui dardait toujours sur elle un regard étincelant plissa les yeux, ce qui lui donna un air encore plus réprobateur. Elle sentit un nouveau frisson la parcourir. Mais à son trouble se mêlait autre chose. Une colère inhabituelle. Qu'attendait-il ? Qu'elle lui fasse la révérence ? Qu'elle se prosterne à ses pieds ? Une image surgit dans son esprit. Elle était allongée et il se penchait sur elle… Horrifiée par le tour que prenaient ses pensées, elle réprima un hoquet.

— Pourriez-vous me faire visiter le service ? demanda-t-il.

Elle déglutit péniblement. La dernière chose dont elle avait envie c'était de passer une seconde de plus en sa compagnie, alors que sa sensualité avait décidé de s'éveiller. Et de délirer... Prise de panique, elle s'éclaircit la voix.

— Souhaitez-vous voir quelque chose en particulier ?

Pourquoi cette envie subite de visiter l'hôpital ? Et un vendredi en fin de journée ? Mais surtout, en combien de temps allait-elle pouvoir expédier la chose ? Elle n'avait qu'une envie. S'en aller pour pouvoir réfléchir à une question cruciale. Pourquoi venait-elle d'avoir un flash de fantasme classé X pour la première fois de sa vie ? À cette pensée, elle fut envahie par une chaleur totalement inconnue.

— J'aimerais comprendre l'intérêt que ma sœur prend à ses visites.

Elle s'efforça de se ressaisir et d'esquisser un sourire compatissant.

— La princesse nous a manqué, aujourd'hui.

— D'habitude vous la voyez.

C'était une affirmation plutôt qu'une question.

— Chaque semaine, acquiesça-t-elle en hochant la tête. Comment va-t-elle ?

Le regard froid du roi devint ouvertement hostile. Elle le considéra avec stupéfaction. Avait-elle été indiscrète ? Aurait-elle dû s'abstenir de poser cette question ? Pourquoi ne s'inquièterait-elle pas pour la jeune femme ? Le silence se prolongea dans une atmosphère de plus en plus glaciale, mettant à l'épreuve son caractère conciliant.

— La princesse aime passer du temps avec les jeunes patients, déclara-t-elle d'un ton crispé, décidée à en finir aussi rapidement et courtoisement que possible.

Par chance, elle savait comment prendre ses distances et écourter les conversations.

— La plupart sont en train de dîner. Ensuite on les préparera pour la nuit.

— Êtes-vous en train de me dire que le moment est mal choisi ?

Cette question aurait pu paraître très polie sans la tension perceptible dans la voix du roi.

— Nous sommes en dehors des heures de visite habituelles, répliqua-t-elle avec autant de diplomatie que possible.

— Dans ce cas, ne les dérangeons pas.

Un immense soulagement submergea Kassie et elle parvint à sourire en attendant le départ de « Son Arrogance ». Sauf qu'il ne semblait pas décidé à partir. Et qu'il l'observait de beaucoup trop près. Elle se raidit sous son regard pénétrant. Était-il vraiment en train de la reluquer ? Le roi ? Les hommes lorgnaient son corps depuis son adolescence, quand avaient commencé à s'épanouir les rondeurs que beaucoup semblaient considérer comme un signe de sensualité débridée. Ils regardaient, ils tiraient des conclusions, ils faisaient des avances. Et ensuite ils l'insultaient parce que sa réaction n'était pas celle qu'ils attendaient. Comme à son habitude, Kassie se raidit sous cet examen détaillé. Tout en fixant le roi d'un air furieux ne laissant aucun doute sur son indignation.

Il termina son inspection et plongea son regard dans le sien. Hypnotisée par l'éclat de ses yeux émeraude, elle sentit un ressort inattendu se tendre en elle. Tout à coup, elle se mit à vibrer d'une énergie nouvelle. D'ordinaire elle n'avait aucun réflexe de lutte ou de fuite. Elle restait clouée sur place. Mais là elle éprouvait le besoin irrésistible d'agir.

Le roi n'avait rien à voir avec sa sœur, une jeune femme adorable qui aimait rire et faire des dessins avec les patients. Il n'émanait aucune gaieté de lui. Juste une énergie farouche difficilement contenue. Une impatience à peine masquée. Une telle immobilité semblait anormale chez un homme aussi imposant. Il était comme un grand fauve sur le point d'attaquer. Le regard braqué sur elle. Allons bon, elle était en train de perdre la tête. Elle ne se mettait jamais dans un état pareil devant un membre de la famille royale. Ni devant qui que ce soit, d'ailleurs. Elle ne perdait jamais ses moyens. Ni sa voix. Et il lui arrivait encore moins d'avoir des fantasmes sexuels… Elle restait toujours très calme. Plus que calme. Glaciale.

Elle savait que parmi les médecins elle était réputée pour sa froideur. C'était la seule raison pour laquelle cet interne avait tenté sa chance quelques instants plus tôt. Elle l'avait repoussé comme elle avait repoussé tous ceux qui étaient venus l'inviter à sortir après avoir entendu parler d'elle. Elle était devenue un défi à relever. Être repoussé par elle était un rite de passage pour les nouveaux internes.

— En quoi d'autre puis-je vous être utile ? demanda-t-elle, la gorge sèche.

— J'ai besoin de votre aide.

— Vous avez besoin d'une kinésithérapeute ?

À sa grande stupeur, l'idée de le toucher ne déclencha pas la réaction attendue. Que lui arrivait-il ? Au lieu de la glacer cette perspective faisait courir des frissons dans tout son corps. Des frissons délicieux… Au comble de la perplexité, elle s'empressa d'ajouter :

— Je suis sûre qu'il y a quelqu'un de plus expérimenté qui pourra vous…

— C'est vous que je veux.

Elle tressaillit. Que voulait-il dire ? Était-ce elle qui délirait ou bien y avait-il vraiment de la convoitise dans son regard électrique ? Était-il en train de lui faire des avances ? Si oui, c'était encore pire que toutes les tentatives qu'elle avait subies jusque-là. Mortifiée, elle rétorqua :

— Pour quoi faire ?

À sa grande irritation, sa voix était réduite à un murmure. Elle n'arrivait même plus à parler normalement ! Mais elle lui tenait quand même tête. Elle était même à la limite de l'insolence… Parce que ce n'était pas seulement son amour-propre qui était blessé. C'était quelque chose de plus profond. De plus compliqué… Le roi avait-il entendu les rumeurs qui couraient à son sujet ? Avait-il décidé de tenter sa chance ?

— C'est une affaire délicate, dit-il.

Bizarrement, l'esprit de Kassie associa « délicate » à « intime ». Une nouvelle vision — d'elle et lui très proches l'un de l'autre — réduisit à néant le peu de bon sens qui lui restait. Était-elle en train de rougir ? Cela ne lui arrivait jamais. La seule réaction que provoquait chez elle la moindre suggestion d'un rapprochement physique c'était la répulsion.

— Que… ? Qu'attendez-vous de moi ?

Les yeux du roi ne quittaient pas son visage. Le feu qui se répandait sur sa peau ne pouvait pas lui échapper… Il *savait*, comprit-elle trop tard. Il lisait dans ses pensées et il savait quelle direction consternante elles avaient prise.

— Je ne vais pas me conduire de manière déplacée, dit-il à voix basse. Il se trouve que j'ai un minimum de sang-froid.

Il avait un minimum de sang-froid ? Cela signifiait-il qu'il avait *envie* de se conduire de manière déplacée avec elle ? Elle resta sans voix. Il se rapprocha et baissa encore la voix.

— Il faut que vous veniez au palais. Mon assistant va vous y conduire immédiatement.

Non. Il ne fallait surtout pas qu'elle se retrouve seule avec lui. Parce que même ici, en public, sa présence déclenchait en elle une réaction anormale. Pour elle, en tout cas. Une vague de colère mêlée de peur la submergea. Peu importait qui il était. Il était hors de question qu'elle lui obéisse aveuglément.

— Je ne monte jamais en voiture avec des étrangers, déclara-t-elle aussi calmement qu'elle le put.

Il la considéra avec une moue arrogante.

— Vous refusez d'exécuter un ordre exprès de votre roi ?

Outrée, elle répondit du tac au tac.

— Vous êtes prêt à abuser de votre pouvoir pour me contraindre à obéir ?

Il ouvrit la bouche, la referma, puis expira longuement avant de répondre d'un ton dangereusement posé :

— Oui. Vu la situation, je suis prêt à tout pour obtenir de vous ce dont j'ai besoin.

— Je ne vois pas ce que je peux…

— En effet, vous ne *savez* pas.

— Alors expliquez-moi.

— Nous n'avons pas de temps à perdre…

— Alors enchaînez-moi ! s'écria-t-elle. C'est le seul moyen que vous avez de m'obliger à partir avec vous.

Décidément, elle ne se reconnaissait pas… Elle ne tenait jamais tête à quelqu'un aussi ouvertement. Elle mettait beaucoup de conscience dans son travail et elle faisait ce qu'on lui disait. Elle évitait les problèmes et s'efforçait de passer inaperçue auprès de ses collègues masculins. Mais cet homme faisait ressortir un aspect de son caractère qu'elle découvrait… Une lueur étrange dansait dans les yeux verts. Il l'imaginait enchaînée, comprit-elle. Et cette vision lui plaisait… À son grand dam, la chaleur qui avait envahi tout son corps redoubla d'intensité. Mais tout à coup le roi se redressa et en un clin d'œil son expression redevint hostile.

— J'ai besoin de vous pour régler un problème personnel. C'est tout ce que je peux vous dire tant que nous sommes dans un endroit public. Cela vous rassure-t-il quant à votre sécurité ?

Une fois de plus elle resta sans voix. Comment pourrait-elle lui être d'une quelconque utilité pour résoudre un problème personnel ?

— Vous ai-je donné des raisons de ne pas avoir confiance en moi ? insista-t-il.

— Je n'ai confiance en personne, répondit-elle avec franchise.

En tout cas, pas sur le plan des relations personnelles. Et elle avait moins confiance en lui qu'en n'importe qui d'autre. Le roi Giorgos avait la réputation d'être un homme sérieux qui travaillait beaucoup. Mais cette arrogance et ces exigences inattendues… Le corps de Kassie lui envoyait une foule de signaux très inquiétants. Frissons, accélération du pouls, respiration difficile, *chaleur.* Peut-être couvait-elle quelque chose. Non, ce n'était pas ça. Elle se méfiait de tout le monde et elle commençait même à se méfier d'elle-même.

Le roi eut un sourire qui n'avait rien de rassurant.

— Vous avez certainement vos raisons.

— Des tas de raisons, confirma-t-elle froidement.

— Quelles que soient vos inquiétudes, il faut que nous y allions.

— Je dois finir ma journée.

— Partir quelques minutes plus tôt ne changera pas grand-chose. Votre chef de service a déjà été informé.

Elle écarquilla les yeux sans chercher à dissimuler sa stupéfaction. Il n'était pas venu à l'hôpital pour rendre visite aux patients, mais pour la chercher ?

— Je suis venu ici pour vous. Et je ne repartirai pas sans vous. S'il faut demander à mes gardes de vous emmener de force, je n'hésiterai pas.

— Non, vous ne ferez pas ça, objecta-t-elle, sûre d'elle. Vous attachez trop d'importance à l'opinion des gens.

Le roi Giorgos était distant et très digne. Il n'y avait jamais eu le moindre scandale le concernant. Il était « Giorgos le Parfait » et sa sœur était « Eleni la Pure ».

Ce fut à son tour d'écarquiller les yeux.

— Pardon ?

— Vous êtes le roi travailleur et sérieux, qui est incapable de se comporter de manière répréhensible.

— Vous avez conscience d'être en train d'insulter ce « roi travailleur et sérieux » ?

— Parce qu'il a un comportement inapproprié. Vous ne pouvez pas *m'obliger* à partir avec vous.

— Si. C'est une affaire de la plus haute importance. Suivez-moi.

Elle resta immobile. Il se rapprocha encore.

— Allez-vous m'obliger à demander des chaînes ? Parce que si c'est vraiment ce que vous souhaitez, je m'en voudrais de décevoir une dame.

Elle sentit ses joues s'enflammer de plus belle. Bien sûr elle n'était pas sérieuse pour les chaînes. Et pourtant, il suggérait qu'elle avait dit ça pour… Pour flirter ? Elle ne flirtait jamais ! En tout cas, quelque chose ne tournait pas rond chez elle. Cet homme gouvernait le pays, c'était lui qui faisait les lois et elle lui parlait sur un ton agressif comme une collégienne amoureuse.

— Bien sûr que non, marmonna-t-elle en évitant son regard. Je vais chercher mon sac.

À sa grande surprise, le roi la suivit dans le petit bureau.

— Pourquoi me suivez-vous ?

— Je n'ai pas l'intention de vous laisser une seule chance de cacher quelque chose ni de prendre contact avec lui.

Prendre contact avec qui ? Elle le regarda avec incompréhension. Il y avait erreur sur la personne. Comment n'y avait-elle pas pensé plus tôt ? Il la prenait pour quelqu'un d'autre, bien sûr. Il n'y avait rien qu'elle puisse faire pour lui. Elle ne faisait rien d'autre dans la vie que travailler à l'hôpital et étudier chez elle pour se tenir au courant des dernières évolutions de sa profession. Mais mieux valait partir avec l'assistant du roi, comme ce dernier le lui avait demandé. Tout le monde comprendrait vite qu'elle n'était pas la personne que le roi recherchait. On la reconduirait ici, et tout serait oublié. Rassérénée, Kassie prit sa serviette et suivit le roi. Il marchait si vite qu'elle fut presque obligée de courir pour ne pas se laisser distancer. Elle monta à l'arrière de la limousine noire garée à l'arrière de l'hôpital. À sa grande surprise, le roi fit le tour du véhicule et monta à côté d'elle.

— Je croyais que je devais partir avec votre assistant ?

Il la foudroya du regard, tandis que la limousine démarrait.

— Vous n'arrêtez jamais de poser des questions ?

— Pas quand je suis dans l'ignorance à ce point. Où m'emmenez-vous ? Et pourquoi ?

— C'est *moi* qui pose les questions, mademoiselle Marron.

La voix du roi était tendue. Et il avait le regard un peu fou, constata-t-elle en l'observant du coin de l'œil. Ce qui confirmait l'impression qu'elle avait eue tout à l'heure et aussi les quelques fois où elle l'avait vu à la télévision. Le roi Giorgos avait tout d'un homme primitif contraint de porter des vêtements raffinés. Il donnait le sentiment d'être prêt à se débarrasser à tout moment de son uniforme d'homme civilisé. Stupide. Voilà qu'elle recommençait à délirer… Il était tout simplement plus grand que les hommes qu'elle côtoyait d'ordinaire. Sa silhouette athlétique et son air assuré achevaient de le rendre imposant. Par ailleurs, il avait les cheveux un peu trop longs et une barbe naissante recouvrait sa mâchoire. Ce qui renforçait l'impression d'être en face d'un homme rebelle qui devait se faire violence pour supporter les contraintes liées à son statut. Non, imaginer le roi Giorgos en rebelle était ridicule. Devenu roi très jeune, c'était un homme sérieux qui avait toujours fait preuve d'une maturité exceptionnelle.

Elle l'étudiait avec attention mais il en faisait autant avec elle, constata-t-elle. Et son regard était franchement hostile. De toute évidence, quelque chose n'allait pas. Mais quoi ? Et quelle aide pourrait-elle lui apporter ?

— C'est la princesse Eleni ? demanda-t-elle d'une voix douce.

Il se raidit.

— Qu'est-ce qui vous fait dire ça ?

— Elle n'est pas venue à l'hôpital aujourd'hui. Or elle ne manque jamais une visite.

Les yeux toujours fixés sur elle il resta silencieux. L'atmosphère se chargea d'une tension étrange. Elle eut soudain l'impression que l'intérieur de la voiture avait rétréci et qu'elle était beaucoup plus près de lui.

— La semaine dernière elle était souffrante, ajouta-t-elle pour se donner une contenance.

— Souffrante ? C'est-à-dire ?

Elle déglutit péniblement. Pourquoi ce ton glacial ?

— Elle avait des étourdissements. Elle a dit qu'elle avait attrapé un microbe. Comment va-t-elle ?

Si elle était malade c'était un médecin que le roi devait convoquer. Pas une kinésithérapeute.

— Quelqu'un d'autre a-t-il remarqué qu'elle était souffrante ? Quelqu'un a-t-il demandé de ses nouvelles ?

Kassie secoua la tête. Puis se figea. Damon, son demi-frère, était apparu juste après le départ de la princesse. Il lui avait demandé qui était cette femme avec qui elle avait discuté. À vrai dire, il s'était montré un peu trop curieux. Et il avait eu l'air stupéfait quand il avait appris l'identité de la princesse. Pourquoi ?

— Mademoiselle Marron ? insista le roi.

Elle sentit un grand froid l'envahir. Peut-être n'y avait-il pas erreur sur la personne, finalement. Peut-être y avait-il un problème grave. Elle connaissait à peine son demi-frère mais il n'était pas question de le mettre dans une situation difficile. Pas avant de savoir exactement ce qui se passait. Le silence se prolongea et l'expression du roi Giorgos se durcit. Il savait manifestement qu'elle lui cachait quelque chose. Mais comment pouvait-il le savoir ?

— Vous avez assisté à un bal au palais il y a quelques semaines, déclara-t-il froidement.

— Oui.

Il n'y avait aucune raison de mentir. Mais elle n'avait pas besoin non plus d'en dire plus que nécessaire, non ?

— Pourquoi ?

— C'était une soirée de collecte de fonds pour l'hôpital.

— Mais vous n'êtes pas venue avec le personnel de l'hôpital. Vous étiez invitée par quelqu'un d'autre.

En effet, elle ne faisait pas partie des membres du personnel ayant eu la chance de gagner une invitation à la loterie, mais Damon l'avait emmenée. C'était la seule chose qu'elle avait acceptée de la part de ce demi-frère qu'elle ne connaissait que depuis quelques mois. Damon semblait préoccupé quand ils avaient quitté le bal, mais elle était elle-même plongée dans ses pensées et elle ne le connaissait pas assez pour lui demander s'il allait bien. Elle aurait sans doute dû. Cependant, Damon lui avait demandé à plusieurs reprises « As-tu vu cette femme avec la perruque bleue et le masque noir ? Sais-tu qui c'est ? » Elle n'avait même pas compris de qui il parlait. Il y avait une foule de femmes avec une perruque. Pour la bonne raison que c'était un bal masqué. Ça aurait pu être n'importe qui. Mais pas la princesse Eleni. Tout le monde savait qu'elle n'avait pas assisté au bal ce soir-là parce qu'elle avait la migraine. Kassie se remémora de nouveau l'air stupéfait de Damon quand il avait appris que la femme qu'il avait entendue parler avec elle à l'hôpital quelques semaines plus tard était la princesse Eleni.

— Vous voyez ma sœur toutes les semaines. J'ai entendu dire qu'elle aime bavarder avec vous.

Le roi n'avait pas insisté pour qu'elle lui dise avec qui elle était allée au bal. Parce qu'il le savait, comprit-elle.

— Je l'accompagne dans son tour du service, oui.

— Et la semaine dernière quand elle était souffrante… ?

— Elle n'est pas restée. Personne d'autre n'a su qu'elle était souffrante. Ni les membres du personnel ni les patients.

— Personne ? Que me cachez-vous ?

Prise de panique, elle lança sans réfléchir :

— Votre sœur accepte peut-être que vous la malmeniez, mais moi je ne me laisserai pas faire.

— Elle vous a dit que je la malmène ?

Elle eut beau éviter le regard étincelant du roi elle fut incapable de lui mentir.

— Non, je n'ai jamais de conversations personnelles avec elle. Elle ne m'a jamais parlé de vous.

Malgré elle, le regard de Kassie fut irrésistiblement attiré par celui du roi. Ils se regardèrent un instant en silence et elle sentit une émotion étrange naître au plus profond d'elle-même. Une émotion intense et effrayante. Elle se força à détourner de nouveau les yeux, mais il lui prit le menton pour l'obliger à le regarder.

— Dites-moi tout ce que vous savez, ordonna-t-il d'une voix glaciale.

La peur qui la tenaillait la poussa à le défier. C'était impoli mais tant pis. Il fallait absolument qu'elle le tienne à distance.

— Sinon quoi ? Vous allez me torturer ?

— C'est assez tentant, à vrai dire. Et la perspective d'être enchaînée semble vous plaire. Je suis prêt à tout pour vous arracher les informations dont j'ai besoin, mais j'ai en tête un autre moyen.

Il plissa les yeux.

— Un moyen plus efficace.

Le souffle coupé, elle resta hébétée. Le bruit de la portière qui s'ouvrait la fit tressaillir. Ils étaient arrivés au palais et elle ne s'en était même pas rendu compte… Les imposantes grilles s'étaient refermées automatiquement derrière eux. Elle était prisonnière…

— Venez, intima-t-il en descendant de voiture et en s'éloignant sans l'attendre.

— Dit l'araignée à la mouche, marmonna-t-elle, irritée par son manque de courtoisie.

Il s'immobilisa et se retourna si vivement qu'elle faillit lui rentrer dedans. Allons bon, il était visiblement doté d'une ouïe ultrafine.

— Vous pensez que je vais vous retenir prisonnière ? demanda-t-il d'une voix profonde qui l'électrisa.

Elle ne s'était jamais sentie aussi menacée… ni aussi fébrile. Que lui arrivait-il ? C'était insensé ! S'efforçant d'ignorer la nouvelle vague de chaleur qui la submergeait, elle répliqua :

— Je pense simplement que j'ai raison de me méfier.

— Parce que vous êtes coupable ?

Elle redressa les épaules.

— De quoi suis-je coupable, selon vous ?

2.

Giorgos considéra Kassiani Marron avec perplexité. Pour l'instant il pouvait la croire coupable de rien. Et de tout.

Elle était encore plus splendide que sur les photos du bal — ce qui était d'autant plus incroyable qu'elle portait la tenue médicale la plus horrible qu'il avait jamais vue. Une tunique informe à col montant qui ne dévoilait pas un millimètre de peau, avec un pantalon noir et des sabots d'hôpital. Ses épais cheveux noirs étaient tirés en arrière et rassemblés dans le dos en une tresse impeccable. Aucun fard ne mettait en valeur ses grands yeux chocolat aux longs cils recourbés, et elle n'avait pas pris la peine non plus d'appliquer une couche de gloss sur ses lèvres pulpeuses. Parce que ce n'était pas nécessaire.

Parce que malgré l'absence de tout artifice et la laideur de sa tenue, elle ne pouvait pas manquer d'attirer le regard des hommes. Profondément frustré, Giorgos serra les dents. Il n'allait tout de même pas lui ordonner de se déshabiller. Parce c'était ce qu'elle attendait, non ? Ne cherchait-elle pas à le piéger ? Les sous-entendus sexuels qui avaient émaillé leur conversation ne faisaient-ils pas partie de son plan ?

Il avait vu l'accueil glacial qu'elle avait réservé à ce médecin venu l'inviter. Le pauvre homme était si fasciné qu'il n'avait même pas remarqué le roi, debout à quelques mètres derrière elle. Il pouvait le comprendre.

Étant donné la sensualité de son regard et de ses lèvres entrouvertes, il était impossible de remarquer qui que ce soit d'autre quand elle se trouvait dans une pièce. D'ailleurs, il était étonnant qu'aucune erreur médicale n'ait jamais été constatée dans l'hôpital.

Pour sa part il n'avait pas l'intention de se laisser aveugler par sa beauté saisissante. Ce qu'il attendait d'elle c'était des informations. Rien d'autre. Pas question de se laisser manipuler. Au lieu de l'emmener dans la salle de réunion comme il en avait eu d'abord l'intention, il l'entraîna dans les couloirs du palais plongés dans la pénombre. Autant avoir cet entretien dans ses appartements privés, décida-t-il.

— Vous m'emmenez dans les cachots ?

Encore une provocation… Mais si elle cherchait à lui faire perdre son sang-froid, elle allait être déçue.

— Comme je vous l'ai dit, je suis prêt à tout pour vous arracher les informations dont j'ai besoin, répliqua-t-il d'une voix suave.

Il sentit qu'elle faisait un léger faux pas à côté de lui. Comme si elle était choquée. Comme si elle avait vraiment peur qu'il l'emmène dans une chambre de torture… Envahi par un trouble tout à fait inapproprié, il serra les dents. Oh ! elle était vraiment très habile. Malgré ses provocations, elle parvenait à donner par moments l'impression qu'elle était l'innocence personnifiée.

À l'entrée de sa suite, il s'écarta pour la laisser passer. Les lèvres pincées, le dos raide, elle examina la pièce faiblement éclairée, promenant son regard autour d'elle en évitant de poser les yeux sur lui. Pourquoi était-il aussi frustré qu'elle ne lui prête pas la moindre attention ? Irrité contre lui-même, il déclara sèchement :

— Vous êtes allée au bal en compagnie de Damon Gale. Pourquoi ?

Elle se retourna et lui lança un bref coup d'œil.

— Répondez, insista-t-il sur le même ton.

Il n'était vraiment pas d'humeur à supporter ses petits jeux !

Au lieu de s'adresser directement à lui, elle répondit en regardant le tableau accroché au mur.

— Il m'a présenté des investisseurs en technologie médicale et un chercheur en robotique.

Il plissa le front. Elle espérait lui faire croire qu'il s'agissait d'une soirée strictement professionnelle ?

— Et pour le remercier, vous lui avez présenté la princesse Eleni ?

— La princesse Eleni n'était pas là.

— Si. Et vous les avez présentés.

Kassiani secoua la tête.

— Elle n'était pas là. Je ne l'ai pas vue. J'ai entendu dire qu'elle était souffrante. D'où son absence au bal.

Giorgos la considéra avec perplexité. Il y avait dans sa voix des accents de sincérité indéniables.

— Mais vous avez dit à Damon quand il pouvait trouver Eleni à l'hôpital.

Depuis le bal Damon était revenu à Palisades à plusieurs reprises. Et à chaque fois il s'était rendu à l'hôpital. Ça, elle ne pouvait pas le nier. En voyant Kassiani rougir et baisser les yeux, Giorgos dut faire appel à tout son sang-froid pour ne pas la secouer.

— Vous le lui avez dit. Et il l'a emmenée.

Elle écarquilla les yeux.

— *Emmenée* ?

— Où ? demanda-t-il en se rapprochant d'elle. Où l'a-t-il emmenée ?

— Eleni a disparu ?

— Ne faites pas semblant de l'ignorer.

Il referma les mains sur ses bras. Il fallait qu'elle comprenne la gravité de la situation. Il fallait qu'il la touche… C'était plus fort que lui.

— Quel était le plan ? demanda-t-il en s'efforçant d'ignorer la douceur de sa peau et les fantasmes que ce contact faisait surgir dans son esprit. Nous savons qu'ils sont partis sur le bateau de Damon. Où l'emmène-t-il ?

Les yeux écarquillés, les lèvres entrouvertes, Kassiani le regarda d'un air hébété.

— Ils sont partis sur le bateau de Damon ?

— Où l'emmène-t-il ! répéta-t-il en l'attirant vers lui.

— Je ne sais rien !

Il sentit sa frustration décupler. Comment pouvait-elle être d'une beauté aussi déchirante alors qu'elle lui mentait ? Comment pouvait-elle avoir le visage d'un ange et l'âme d'une traîtresse ? Comment osait-elle jouer de sa sensualité pour le manipuler ?

— Vous couchez avec beaucoup de chirurgiens ?

Elle tressaillit mais ses grands yeux chocolat prirent un éclat nouveau. Celui de la colère.

— Ma vie privée ne vous regarde pas, répliqua-t-elle d'un air très digne. Quel que soit votre problème, il n'a rien à voir avec moi.

— Vraiment ?

Il était convaincu du contraire. Cependant, elle avait raison sur un point. Sa question était déplacée. Il n'aurait jamais dû la poser. Comment avait-il pu perdre son sang-froid ? N'était-ce pas justement ce qu'elle recherchait avec ses allusions aux chaînes, aux cachots et à la torture ? Depuis le début, son objectif n'était-il pas de le troubler en parlant de sexe à mots couverts ? Il était tombé dans le piège.

Giorgos lâcha Kassiani. Il n'aurait jamais dû franchir cette limite. D'ordinaire il gardait ses distances avec les femmes et il ne les mêlait en aucun cas à sa vie publique. En tout cas depuis qu'il avait été couronné et qu'il avait résolu de prouver qu'il était digne de sa charge aux courtisans qui l'avaient tenu — avec raison — responsable de la mort prématurée de son père. Mais depuis l'instant où il avait vu l'image de cette femme sur la vidéo du bal, il était déstabilisé. C'était insensé ! Sa sœur avait disparu et il ne parvenait pas à se concentrer sur les recherches parce qu'il était obsédé par cette vipère. Il mourait d'envie de la toucher encore. D'assouvir sa vengeance de la manière la plus agréable qui existait. D'inciter cette femme à tout lui céder. Ses informations puis son corps. Il recula d'un pas. Du calme. Il fallait absolument qu'il se ressaisisse.

— Parlez-moi du soir du bal.

Elle s'humecta les lèvres et il se détourna vivement à la vue de sa langue. Serrant les dents, il passa la main dans ses cheveux puis il enleva sa veste et dénoua sa cravate avec des doigts tremblants.

— Je connais à peine Damon. Je ne peux rien vous dire, répondit-elle en le regardant enlever ses boutons de manchette et relever ses manches.

— Eleni est allée à ce bal déguisée. Délibérément. Elle a rejoint Damon et vous les avez aidés.

— Non. Damon a décidé d'y aller au dernier moment, quand il a pris conscience que ça pourrait m'être utile qu'il me présente ces gens. Il n'avait pas prévu de retrouver la princesse. Il n'y a pas de conspiration.

— Faux. C'était prémédité. Il lui a tendu un piège.

— Peut-être est-ce elle qui lui en a tendu un ?

Giorgos se hérissa. *Impensable.*

— Elle est quelque part dans la nature avec ce coureur, pendant que son fiancé est ici en train de l'attendre !

— Le fiancé que *vous* avez choisi pour elle. Et après tout, c'est peut-être elle qui a séduit Damon. N'est-ce pas une possibilité ?

Elle disait ça parce que c'était ce qu'elle ferait ? Cette vipère si sûre de son pouvoir de séduction !

— *Vous* êtes peut-être experte en séduction, mais ma sœur n'a rien à voir avec vous.

Le visage de Kassiani devint écarlate et sa poitrine se souleva. Transpercé par une flèche de désir, il s'écarta d'elle et alluma toutes les lumières pour dissiper l'atmosphère intime qui régnait dans la pièce.

Kassiani cligna les yeux puis promena de nouveau son regard autour d'elle.

— C'est une de vos salles de réunion ? demanda-t-elle avec une moue réprobatrice.

— Non, nous sommes dans mes appartements privés.

Elle le regarda d'un air effaré.

— Vous avez *choisi* de vivre comme ça ?

« Comme ça » ? Comment ? Les poings sur les hanches il la fixa sans un mot, la mettant au défi de préciser sa pensée.

— On se croirait dans un mausolée, reprit-elle. Tableaux sinistres, meubles anciens inconfortables… Un décor froid et sans vie.

— Ce palais est parfaitement entretenu, objecta-t-il d'un ton glacial.

— Je vois bien. Il n'y a pas un seul grain de poussière. Pas un seul tableau de travers. Ce palais est l'image même de la perfection. Comme vous.

— Que voulez-vous dire ?

— Ce n'est qu'un vernis. Il n'y a rien dessous. Pas d'histoire. Pas d'âme.

— Cinq minutes de tête à tête avec votre roi vous suffisent pour porter un jugement aussi flatteur ? railla-t-il. Comment pouvez-vous être aussi certaine que je suis froid ?

Pour qui se prenait-elle ? Comment osait-elle l'insulter ? Encore une tentative de manipulation, bien sûr… Et le pire c'était que ça marchait ! Il brûlait de désir. Il n'avait qu'une seule envie, refermer les bras sur elle et sentir son corps voluptueux contre le sien. Mon Dieu, il mourait d'envie qu'elle capitule ! Pour la première fois depuis dix ans, il était en train de perdre le contrôle de la situation…

— Vos projets pour votre sœur…, dit-elle d'une voix beaucoup trop calme à son goût. Ce n'est pas vraiment pour elle que vous vous inquiétez. Ce qui vous préoccupe ce sont les apparences.

Giorgos se hérissa. Qu'elle critique le décor dans lequel il vivait, il s'en moquait. Mais elle n'avait pas le droit de juger sa relation avec Eleni. Et encore moins de mettre en doute sa loyauté envers sa sœur.

— Ce n'est pas pour ma sœur que je m'inquiète ? répéta-t-il d'un ton menaçant.

— Visiblement non, puisque vous insistez pour la marier contre son gré. Vous vous servez d'elle pour soigner l'image de la famille royale.

— Ce mariage a pour but de la protéger.

— La protéger de quoi ? Alors qu'elle est obligée de vivre dans une prison comme celle-ci ?

Kassiani promena un nouveau regard atterré sur la pièce.

— Vous n'avez aucune idée de la pression qu'elle subit, répliqua-t-il. Elle est sous les projecteurs en permanence. Tous ses faits et gestes sont examinés à la loupe, commentés… C'est un harcèlement permanent.

C'était vrai. La pression sociale était déjà pénible pour lui, mais pour les femmes de la famille royale elle était insupportable.

— Et tout ce que vous trouvez à faire c'est de la faire passer d'une prison à une autre ?

— Les princesses épousent des princes. C'est la tradition. Est-ce si blâmable de vouloir protéger ma sœur ?

— En épousant un play-boy qui lui sera infidèle toute sa vie ?

— Vous devriez arrêter de lire la presse à sensation, ironisa-t-il en se rapprochant d'elle sans en avoir conscience. Rien de ce qu'elle raconte n'est vrai.

— Alors rien de ce qu'on peut y lire à votre sujet n'est vrai non plus ? rétorqua-t-elle en relevant le menton. Vous n'êtes ni honorable, ni bienveillant, ni dévoué à votre peuple ? Êtes-vous en train de me dire que votre réputation irréprochable cache un monstre ?

— Je me moque d'être un monstre, si vous voulez dire par là que je fais mon devoir. Votre frère a volé la chose qui m'est la plus précieuse au monde. Il l'a mise en danger. Il paiera.

— La « chose » la plus précieuse du monde ? Pour vous votre sœur n'est qu'une chose ? Un bien ?

— C'est une façon de parler. Rien ni personne n'est plus important pour moi qu'Eleni. Et de toute façon, vous n'avez pas le droit de me juger.

— Si, puisque vous me punissez pour quelque chose dont vous soupçonnez mon demi-frère sans être sûr qu'il est coupable. Quelque chose dont j'ignore tout. Où est la justice là-dedans ?

— Je vous punis ? De quelle manière, selon vous ?

— En m'amenant ici contre mon gré.

— Donnez-moi les informations dont j'ai besoin et vous partirez.

— Je ne peux rien vous dire. Je connais à peine Damon.

— Vous êtes de mèche avec lui. Où l'a-t-il emmenée ?

— Pas étonnant qu'elle ait décidé de fuir ! De *vous* fuir ! Vous êtes incapable d'écouter. Vous me reprochez de vous juger, mais vous, vous ne faites que ça ! Vous avez déjà tiré vos conclusions et vous n'êtes pas prêt à considérer une autre théorie. Je parie que vous n'avez même pas pris en compte les souhaits d'Eleni. Les connaissez-vous seulement ?

— Taisez-vous ! s'exclama-t-il en la saisissant par les épaules. Quelle autre théorie suggérez-vous ? Avec vos faux-fuyants et vos provocations ? Que voulez-vous que je fasse exactement ? Ça ?

Il l'attira contre lui et plaqua son bassin contre le sien.

— C'est ça que vous voulez ? La preuve que vos provocations ont l'effet recherché ?

Le souffle coupé, Kassie fut incapable d'émettre un son. Que lui arrivait-il ? Dès l'instant où le roi était apparu devant elle, il avait déclenché des réactions extravagantes. Elle avait éprouvé un besoin irrésistible de se rebeller contre son arrogance et son autoritarisme. Sa conduite n'avait plus été dictée par sa raison mais par son instinct. Et le plus effarant c'était qu'à présent son instinct l'incitait à se presser contre lui au lieu de le repousser. La virilité du roi était dure comme la pierre contre son ventre. Ce contact était choquant… et incroyablement excitant ! Quelque chose de chaud se déployait au creux de ses reins. Quelque chose d'exquis. D'irrésistible…

— C'est ça que vous voulez ? répéta-t-il.

— Non…

Elle n'avait pas voulu ça. Elle n'avait jamais eu envie qu'un homme la prenne dans ses bras. Les rares fois où un homme l'avait serrée contre lui, elle était restée de glace. Aujourd'hui, elle était dévorée par une fièvre inconnue. Elle n'avait qu'une envie. Se presser plus étroitement contre le corps puissant du roi. Il était à la fois la cause de cette fièvre et son remède. Ses bras la retenaient prisonnière mais elle n'avait aucune envie de se libérer.

— Moi non plus, murmura-t-il d'une voix rauque en rapprochant peu à peu sa bouche de la sienne. Je n'ai pas envie de vous tenir dans mes bras. Je n'ai pas envie d'avoir envie de vous.

Il fallait réagir, se dit-elle confusément. Tourner la tête. S'écarter de lui. Elle ne fit ni l'un ni l'autre. Au contraire elle tendit légèrement le cou pour mieux lui offrir sa bouche. Lorsque ses lèvres se posèrent sur les siennes, ses anciens réflexes se déclenchèrent et elle se raidit. Mais le baiser du roi était doux, caressant. Elle ferma les yeux et se laissa couler avec délices dans un bain de félicité. Les doigts du roi descendirent lentement le long de sa colonne vertébrale, légers comme des papillons. Sa langue se glissa entre ses lèvres et elle laissa échapper un gémissement étouffé tandis que son baiser s'approfondissait peu à peu. Un baiser délicieux qui ne ressemblait à aucun autre. Les rares qu'elle avait reçus auparavant ne lui avaient fait aucun effet. Jamais elle n'avait eu envie qu'ils durent toujours… Elle se hissa sur la pointe des pieds et noua les bras sur la nuque du roi, savourant le contact de son torse musclé contre ses seins. La fièvre qui la consumait monta encore d'un cran. Creusant les reins pour mieux sentir sa virilité contre son ventre, elle se mit à onduler du bassin. Il referma les mains sur ses hanches pour accompagner ses mouvements lascifs tout en l'embrassant avec une ardeur redoublée.

Pour la première fois de sa vie, elle n'avait qu'un mot en tête.

Encore.

3.

— Votre Altesse…

La porte s'ouvrit et Giorgos lâcha Kassie si brusquement qu'elle faillit tomber en arrière. Il la retint aussitôt par le bras en dardant sur elle un regard étincelant. Scrutateur. Accusateur ?

Hébétée, elle voyait presque les pensées tourbillonner dans son esprit. Mais comment pouvait-il *penser* après une expérience aussi… Elle se ressaisit et libéra son bras tout en s'efforçant de reprendre son souffle. Quelle humiliation ! Elle venait d'être surprise dans les bras du roi comme une vulgaire courtisane… Malgré tout, cette intrusion était bienvenue. Jusqu'où les choses seraient-elles allées s'ils n'avaient pas été interrompus ? Elle n'en avait aucune idée et elle préférait ne pas l'imaginer… Jamais elle ne s'était comportée ainsi. Jamais elle n'avait éprouvé des sensations aussi incroyables… Elle avait eu raison de se méfier de lui. Il était dangereux. Et fascinant.

Parcourue d'un long frisson, elle sentit ses joues s'enflammer. Le roi la fixait toujours. D'un air abasourdi.

— Excusez-moi, Votre Altesse, mais nous avons trouvé…

— Quoi donc ? coupa Giorgos en se retournant.

— Ceci, dans l'armoire de la princesse.

L'homme montra un costume et une perruque bleue. Que le roi reconnaissait, apparemment… Kassie se remémora la question de Damon. « As-tu vu cette femme avec la perruque bleue ? » C'était le déguisement d'Eleni…

— Laissez ça sur la table, ordonna Giorgos d'un ton sec. Et refermez la porte derrière vous.

L'homme s'éclipsa, impassible.

— Vous fouillez dans ses affaires ? s'exclama Kassie, outrée.

— Ma sœur a disparu. Bien sûr que je cherche des indices. Je suis prêt à tout pour la retrouver.

— Et c'est pour ça que vous m'avez embrassée ?

Il avait cru pouvoir lui arracher les secrets qu'elle ne connaissait même pas en la séduisant ?

— Désolé. J'ai été trop doux, peut-être ? Vous vouliez vraiment des chaînes ?

Tout d'un coup, le roi sourit. Mais son sourire était sarcastique.

— C'est vous qui insistez pour devenir ma prisonnière. Vous savez ce que ça m'apprend à votre sujet ?

Elle le foudroya du regard. Elle n'avait aucune envie de savoir ce qu'il pensait d'elle. Elle voulait juste s'en aller — immédiatement — afin de pouvoir reprendre ses esprits et tenter de comprendre ce qui lui était arrivé.

— De toute évidence, vous savez tout. Nul doute que vous avez un dossier…

— En réalité, il est incomplet.

Elle le regarda avec stupéfaction. Il avait vraiment un dossier sur elle ? Depuis combien de temps fouillait-il dans sa vie ?

— Peut-on savoir ce que vous avez appris ?

— Vous êtes la fille unique de Petra Marron. Votre père est John Gale, mais il ne vous a pas reconnue. Vous avez grandi dans un petit village situé au nord de Palisades, à une heure de route. Vous étiez une élève brillante et vous avez préparé votre diplôme de kinésithérapeute à temps partiel pour pouvoir vous occuper de votre mère, atteinte d'un cancer. Une fois diplômée, vous avez été engagée à l'hôpital, que vous n'avez jamais quitté depuis. Votre dossier professionnel est exemplaire. Vos patients vous tiennent en très haute estime. Mais vos comptes sur les réseaux sociaux ne révèlent pas grand-chose sur vos relations.

Elle suffoqua d'indignation.

— Peut-être que j'aime la discrétion et que je choisis de ne pas divulguer les détails de ma vie privée au monde entier.

— N'est-ce pas une chance pour vous d'avoir le choix ?

S'imaginait-il qu'elle allait le plaindre ? Alors qu'il venait de réduire sa vie à quelques paragraphes qui la faisaient paraître terne et ennuyeuse ?

— Et que pensez-vous avoir appris de cette suite de faits ?

— Je sais déjà que vous n'êtes pas aussi parfaite que ce document semble l'indiquer, répliqua le roi d'une voix suave. Je sais que vous n'êtes pas honnête. Que vous cachez bien votre jeu. Et que vous utilisez votre physique pour…

— Pour quoi donc ? Séduire les hommes et leur faire faire ce que je veux ?

Elle eut un petit rire amer. Quelle ironie ! Elle n'utilisait *jamais* son physique. Au contraire ! Elle avait toujours lutté pour être prise au sérieux et vaincre les préjugés dus à sa silhouette et à la conduite de sa mère. Qu'il l'accuse de comploter pour nuire à Eleni était vraiment injuste. Mais le plus consternant c'était la trahison insensée de son corps. Comment avait-elle pu s'embraser au point de perdre toute retenue ? Les yeux embués de larmes de dépit elle ajouta :

— Un scoop pour vous, Votre Altesse. Je n'aime pas qu'on me touche.

Elle vit l'incrédulité altérer les traits du roi. Puis il se rapprocha d'elle et elle recula en précisant :

— Ce n'était pas une provocation.

Et pourtant… Pourtant elle n'avait qu'une envie. Qu'il la prenne de nouveau dans ses bras. Cette part d'elle-même dont elle n'avait jamais soupçonné l'existence jusque-là semblait s'être éveillée pour de bon. Sans doute devrait-elle s'en réjouir mais au lieu de ça elle était terrifiée.

— Pas une provocation ? Quel mensonge…

— Il faut que vous sachiez que je ne suis la « chose la plus précieuse du monde » pour personne. Et certainement pas pour le demi-frère que je connais à peine. Si vous croyez pouvoir vous venger en vous en prenant à moi, vous serez déçu. Ça ne vous vaudra rien d'autre qu'un poids sur la conscience.

— Un poids sur la conscience ?

Ce fut autour de Giorgos de laisser échapper un petit rire amer. Elle croyait qu'il l'avait embrassée pour exercer une vengeance moyenâgeuse sur sa famille ? Quelle idée ! Il avait tout simplement perdu la tête dès qu'il avait posé les mains sur elle.

— Oui. Si on abuse de son pouvoir dans le seul but de se faire du bien, on devrait en principe avoir mauvaise conscience.

Giorgos fut assailli par une bouffée de honte. Il fallait reconnaître que pendant un moment c'était exactement ce qu'il avait voulu faire. Calmer sa colère et sa frustration en se perdant dans son corps sublime. D'ailleurs il était toujours taraudé par un désir presque irrépressible… Poussé par le remords, il révéla la vérité qui le minait.

— Eleni est enceinte.

— Pardon ?

Kassiani pâlit.

— Et vous croyez que Damon l'a enlevée ?

— Je ne pense pas qu'elle soit partie de son plein gré.

À peine eut-il terminé sa phrase que les paroles de sa sœur lui revinrent en mémoire. « Je ne vais pas revenir… Pas avant d'avoir réglé le problème. »

— Que compte-t-il faire, d'après vous ?

— Apparemment, il est prêt à l'épouser.

Le soulagement qui se peignit sur le visage de Kassiani accrut la colère de Giorgos.

— Vous trouvez que c'est une bonne chose ?

— Elle tient peut-être à lui. Ils sont peut-être amoureux.

— Oui, c'est peut-être un conte de fées, ironisa-t-il. Eleni est naïve. Si elle se croit amoureuse de lui c'est parce qu'il l'a séduite. Il l'a manipulée.

— Vous ne faites aucune confiance à votre sœur, n'est-ce pas ? s'emporta Kassiani. Pour vous elle est trop innocente et trop *stupide* pour prendre des décisions elle-même. Vous rendez-vous compte à quel point votre attitude est insultante ? Pas étonnant qu'elle se soit enfuie ! De toute façon, votre opinion est faite. Pour vous il n'y a que deux possibilités. Soit il l'a emmenée contre son gré, soit il l'a embobinée pour qu'elle le suive. Vous la prenez vraiment pour une idiote ! Je parie que vous vous comportez en despote avec elle.

Giorgos fut déstabilisé malgré lui par ces accusations. Il ne se comportait pas en despote avec Eleni. Elle était satisfaite des dispositions qu'il avait prises pour elle. Non ? Il sentit son estomac se nouer. Si elle était satisfaite pourquoi ne se trouvait-elle pas au palais en ce moment ? Cette femme aurait-elle raison ? Avait-il sous-estimé la capacité d'Eleni à prendre ses propres décisions ? Il fallait qu'il lui parle. Mais comment le pourrait-il ?

Il n'avait pas eu une seule vraie discussion avec elle depuis des années.

Le sentiment de culpabilité de Giorgos était à son comble. Il avait cru bien faire. Mais peut-être s'était-il complètement trompé. Une fois de plus…

— Ma sœur a des ennuis. Tout ce que je veux c'est l'aider. Aidez-moi à l'aider.

Le regard de Kassiani devint compatissant. Manifestement, elle avait enfin compris à quel point il était angoissé.

— Je n'ai aucune information à vous donner, déclara-t-elle d'un ton plein de regret. Je ne connais Damon que depuis quelques années. Il m'a proposé de m'aider.

— Pourquoi ?

Elle hésita avant de répondre.

— Il est plus humain que notre père. Plus généreux. Il va vouloir assumer ses responsabilités. Les protéger, elle et l'enfant.

Un sourire triste étira ses lèvres pulpeuses.

— Dans un sens, je plains la princesse. Entre vous deux, elle va passer des moments difficiles.

Le doute s'empara de Giorgos. Damon Gale avait le sens des responsabilités ? Il n'allait pas reproduire les erreurs de son père ? Kassiani était une enfant illégitime. La fille abandonnée d'une maîtresse abandonnée. Damon n'infligerait pas le même sort à son enfant ?

Sa rencontre avec Eleni n'avait peut-être pas été organisée, finalement. À vrai dire, d'après ses renseignements Damon Gale n'avait besoin ni d'argent ni de gloire. En fait il était visiblement déterminé à préserver sa vie privée, comme sa demi-sœur. Par conséquent, si sa rencontre avec Eleni ne faisait pas partie d'un plan machiavélique, il ne cherchait qu'à accomplir son devoir. Comme lui-même avait tenté de le faire dix ans plus tôt…

Giorgos expira lentement. Il allait devoir annoncer l'annulation du mariage au fiancé d'Eleni. Il allait devoir soutenir sa sœur. Lui faire confiance. Kassiani le regardait, constata-t-il en s'arrachant à ses pensées. Quelle douce torture… La voir là devant lui, en train de le regarder avec une sollicitude manifeste. Une sollicitude qu'il n'avait pas méritée. Transpercé par une nouvelle flèche de désir, il déglutit péniblement. Ce qu'il voulait de cette femme, ce n'était pas sa sollicitude. Mais vouloir autre chose n'était pas approprié.

— Je veux rentrer chez moi, dit-elle dans un murmure.

Il secoua aussitôt la tête, refusant l'idée de son départ.

— Vous ne pouvez pas. Vous en savez trop.

— Je ne dirai rien à personne. Pas pour vous protéger

vous, mais pour votre sœur, qui est généreuse, intelligente et drôle. Et parfaitement capable de prendre ses décisions elle-même.

Elle s'interrompit un instant avant d'ajouter :

— Que vous soyez frère et sœur me dépasse.

— Vous ne rentrez pas chez vous ce soir.

Il voulait qu'elle reste enfermée dans le palais avec lui. Il voulait la garder sous son contrôle… Le désir de Giorgos était toujours aussi intense, mais il ne l'envisageait plus comme un instrument de punition. Il voulait qu'il soit partagé. Il voulait voir Kassiani perdre la tête. L'entendre le supplier de lui faire l'amour. Et la satisfaire. Lui donner du plaisir. Il le pouvait. Et par la même occasion il prendrait le sien.

Décidément, il y avait trop longtemps qu'il n'avait pas couché avec une femme. Et elle… Elle n'aimait pas qu'on la touche…

Il réprima un grognement de dépit. Finalement il ne valait peut-être pas mieux qu'un chef de guerre du Moyen Âge s'appropriant une belle captive pour son plaisir personnel… et qu'il était donc conforme à l'opinion qu'elle avait de lui. Mais à l'instant il s'en moquait éperdument. Il voulait juste se noyer dans le plaisir pour tout oublier.

Il pouvait faire en sorte que ce plaisir soit partagé. Il le savait. Elle avait aimé son baiser. Elle avait eu envie de le prolonger. D'aller plus loin. Il n'en faudrait pas beaucoup pour ranimer cette envie. Ses yeux chocolat avaient viré au noir et ils brillaient d'un éclat révélateur.

— Je ne reste pas ici.

Kassiani avait parlé d'une voix à peine audible. Parce qu'elle le savait aussi bien que lui. Elle savait que leur attirance mutuelle était irrépressible. Voilà pourquoi elle voulait prendre la fuite.

— Vous dites que vous n'aimez pas qu'on vous touche, mais vous avez aimé être dans mes bras. Je vous ai prise par surprise et je m'en excuse, mais vous ne pouvez pas nier ce qui s'est passé dès que je vous ai touchée.

L'idée qu'il lui avait peut-être inspiré de la répulsion était insupportable. Il était vrai qu'elle s'était d'abord raidie. Mais il avait mis ça sur le compte de la surprise, parce que tout à coup ses réactions avaient trahi une fièvre égale à la sienne. Sans qu'il la contraigne. Elle avait cédé. Pas à sa volonté à lui, mais à son trouble à elle. À son envie d'aller plus loin.

Oui, elle avait été attirée par lui et elle l'était encore. Ça se voyait à ses yeux étincelants, à cette petite veine qui battait frénétiquement à la base de son cou, à sa façon de s'humecter sans arrêt les lèvres. Elle était attirée par lui mais elle refusait cette attirance…

— Quelqu'un vous a traumatisée.

La colère de Giorgos se réveilla mais Kassiani n'en était plus la cible. Au contraire. Elle le considéra d'un air perplexe, puis elle roula les yeux.

— Pas comme vous le pensez.

— Personne ne vous a touchée contre votre gré ?

— Si. Mais j'y ai mis fin.

Il arqua les sourcils et elle ajouta aussitôt, les joues en feu :

— Je n'ai pas été victime de… d'agression. Je parle juste d'un baiser en fin de soirée…

— Comment l'avez-vous interrompu ?

— Les hommes n'aiment pas les femmes qui restent sans réaction. Quels que soient leurs attributs féminins.

Il secoua la tête. Ses « attributs féminins » rendraient fou n'importe quel homme normalement constitué. Et il savait que certains se moquaient que les femmes vibrent dans leurs bras ou pas. Ils se contentaient d'assouvir leur désir, que leur proie soit consentante ou pas… Elle avait eu de la chance. Mais son manque de réaction était… *intéressant*.

— Vous n'aviez aucune réaction ?

— Comme je vous l'ai dit, je n'aime pas qu'on me touche.

Elle croisa les bras, clairement sur la défensive. Voulait-elle dire qu'elle ne ressentait rien ? Ou bien n'avait-elle tout simplement jamais rencontré un homme avec qui le courant passait ?

— Êtes-vous en train de me dire que vous êtes frigide ?

Elle devint écarlate et resta silencieuse. C'était ça, comprit-il. Ou du moins, elle croyait l'être.

— Vous ne ressentez rien du tout ? insista-t-il.

Devait-il la croire ou se moquait-elle encore de lui ? Mais en réalité, elle ne s'était pas moquée de lui. Elle ignorait tout de la liaison d'Eleni et de Damon. Giorgos se remémora son attitude à l'hôpital quand l'interne l'avait invitée à dîner. Son refus avait été poli mais ferme. L'infirmière avait plaisanté mais elle était intervenue pour l'aider à décourager le médecin, comme si elle avait l'habitude de la voir réagir ainsi.

— Ce n'est pas une provocation, dit Kassie à voix basse.

Elle était visiblement mortifiée et elle regrettait son aveu.

— Je n'ai pas pensé que c'en était une, répliqua-t-il d'un ton apaisant.

Il sourit.

— Mais je sais que quand je vous ai embrassée vous avez ressenti quelque chose.

Elle devint encore plus écarlate et baissa les yeux. Il laissa échapper un petit rire amusé.

— S'il vous plaît, ne soyez pas embarrassée. Kassie…

C'était comme ça que l'avait appelée l'infirmière et il aimait bien ce surnom.

Elle ferma les yeux.

— S'il vous plaît… Je ne vois pas pourquoi c'est amusant.

— Ce n'est pas que je trouve ça amusant. Je suis soulagé.

Il se rapprocha d'elle.

— Contrairement à ce que vous semblez penser, je n'ai pas l'habitude de m'imposer par la force aux femmes non consentantes.

— Je sais. Je suis sûre qu'elles sont toutes *très* consentantes.

— À l'instant je m'intéresse seulement à vous. Et je pense que vous êtes consentantes.

— Non.

— Soyez honnête. Parfois on est attiré par quelqu'un contre son gré. Même si on n'éprouve aucune sympathie pour la personne en question, l'attirance est là.

— Mais on peut choisir d'agir ou pas en conséquence.

— Alors vous reconnaissez qu'il y a de l'attirance entre nous ?

Il sourit. Elle commençait à fléchir…

— Vous avez l'habitude de choisir de ne pas agir. Peut-être qu'en réalité vous choisissez la fuite. Pas parce que vous êtes incapable d'éprouver des sensations, mais parce que vous en avez peur.

Elle secoua la tête avec énergie.

— Vous vous trompez.

— Je ne pense pas. N'avez-vous aucune curiosité ?

Elle roula de nouveau les yeux, mais ses mains tremblaient.

— Ce n'est pas quelque chose dont j'ai besoin.

Tout le monde n'avait-il pas besoin de contacts physiques ? Même lui en avait besoin. Dans le cadre des liaisons soigneusement contrôlées qu'il s'autorisait de temps à autre. Mais si elle était sincère, Kassiani Marron venait de s'éliminer comme candidate potentielle à une de ces brèves et discrètes aventures.

— Cette conversation est purement théorique, assura-t-il. Après ce que vous m'avez dit je ne veux surtout pas vous toucher. Ni vous traumatiser.

— Si vous ne voulez pas me traumatiser, laissez-moi partir.

L'espace d'un instant, il fut de nouveau assailli par le doute. Était-elle aussi innocente que ses immenses yeux en donnaient l'impression ? Ça ne serait pas la première fois qu'une femme séduisante lui jouerait la comédie.

Non, quand il avait commis l'erreur de la toucher elle s'était raidie. Ensuite elle avait répondu à son baiser avec un manque d'expérience flagrant. Puis son excitation avait été mêlée de stupeur. Comme si elle se demandait ce qui lui arrivait. Non, elle ne lui avait pas menti.

Par conséquent, il était vraiment hors de question d'avoir une aventure avec elle. Il était toujours très prudent dans le choix de ses maîtresses et il fuyait les femmes visiblement fragiles, quelle que soit leur beauté. Kassiani Marron représentait un risque qu'il n'était pas prêt à prendre. Son devoir le lui interdisait. Son passé également. Un passé qui avait déjà recommencé à le hanter. Il fallait oublier son attirance pour Kassie.

Kassie vit le visage du roi se fermer. Et pour une fois elle regretta d'avoir réussi à décourager un homme.

— Je vais vous raccompagner chez vous, dit-il en s'écartant d'elle.

— Je suis sûre que votre assistant peut s'en charger tout seul, répliqua-t-elle d'un ton froid.

— Non, j'insiste pour vous accompagner.

— Vous avez encore l'espoir de me soutirer des informations et vous compter profiter du trajet pour ça ?

À sa grande surprise, il pouffa.

— Ce que vous êtes soupçonneuse ! Vous êtes méfiante à ce point avec tout le monde ?

— Vous êtes autant sur la défensive que moi.

— Je pense que vous savez parfaitement quel effet vous me faites, mademoiselle Marron.

Et il préférerait que ça ne soit pas le cas, comprit-elle. En somme, il était dans la même situation qu'elle… Cette constatation la détendit un peu.

— Il semble que nous soyons à égalité, alors.

Le rire éclatant du roi la ravit et elle ne put s'empêcher de sourire. Quand il riait il était incroyablement séduisant. Et à vrai dire, ce n'était pas désagréable de trouver un homme séduisant…

Le roi fit un effort visible pour reprendre son sérieux.

— Il est vraiment temps que vous partiez.

— Enfin libre, commenta-t-elle d'un ton mutin. Merci, Votre Altesse.

Le roi prit une profonde inspiration mais il resta silencieux. Puis il l'entraîna dans les longs couloirs faiblement éclairés. L'observant à la dérobée elle se remémora leur baiser et une vive chaleur l'envahit. Prise d'une envie irrésistible de sentir de nouveau son corps puissant contre le sien, elle faillit trébucher, les jambes en coton.

— Sincèrement, vous n'avez pas besoin de me raccompagner, déclara-t-elle lorsqu'ils sortirent dans la nuit.

— Il est de mon devoir de m'assurer que vous rentrez chez vous sans encombre.

— Vous n'avez pas confiance dans votre équipe de sécurité ?

— C'est ma responsabilité.

Le besoin de se rebeller s'empara de nouveau d'elle.

— Non, vous n'êtes pas responsable de moi.

— Ce soir si.

Elle soupira. De toute évidence cet homme était atteint du syndrome du sauveur…

— Comme vous êtes responsable de votre sœur ?

— Non, ça n'a rien à voir.

Il lui ouvrit la portière de la limousine, puis il en fit le tour pour s'installer à côté d'elle sur la banquette arrière. Le chauffeur démarra aussitôt, et quelques instants plus tard ils franchirent les grilles du palais. Consciente que le regard du roi ne la quittait pas, elle s'efforçait en vain de réprimer le tourbillon d'émotions dont elle était la proie. Cet homme était extrêmement puissant, mais son besoin irrépressible de protéger ceux qu'il considérait comme plus faibles cachait une grande vulnérabilité. Elle en était persuadée. Malgré son arrogance et tous les privilèges dont il jouissait, il était exposé parce qu'il aimait sa sœur. Il voulait son bien.

Pour cette raison, elle ne pouvait s'empêcher de le respecter. Elle aimerait bien elle aussi avoir quelqu'un qui tienne à elle à ce point. Quelqu'un qui l'aime et qui prenne soin d'elle... Oui, le roi Giorgos était arrogant. Mais il se préoccupait du bien-être de ceux qu'il aimait.

Pauvre idiote... Un baiser et elle se croyait déjà à moitié amoureuse de lui ? Plus vite elle le quitterait pour retrouver son petit univers rassurant, mieux elle se porterait.

— Je ne dirai rien à personne, promit-elle lorsque la voiture s'arrêta devant chez elle. Vous ne me croirez peut-être pas mais je souhaite que tout se passe bien pour la princesse Eleni. Et je sais que vous aussi.

— Je n'ai pas besoin de votre approbation, mademoiselle Marron. Je retrouverai Eleni et je la ramènerai.

Apparemment, il était contrarié qu'elle ait senti sa vulnérabilité. Et elle le comprenait.

Elle s'humecta les lèvres.

— Je n'en doute pas.

Quand elle descendit de voiture il en fit autant. Elle se dirigea précipitamment vers sa porte et sortit ses clés de son sac pour l'ouvrir, mais ses doigts tremblants refusèrent soudain de lui obéir.

— Merci de m'avoir raccompagnée, dit-elle d'un ton poli. Je suis désolée de ne pas avoir pu vous aider.

Il sourit.

— Il ne faut jamais présenter des excuses quand elles ne sont pas sincères.

— Je comprends que vous soyez inquiet et je regrette de ne pas pouvoir faire plus pour vous.

Il la regarda en silence et l'air se chargea d'électricité. Assaillie par le souvenir de son corps contre le sien, elle fut envahie par cette chaleur délicieuse qui commençait à devenir familière. La gorge sèche, elle se savait incapable de prononcer un mot. Et de bouger.

Il se rapprocha d'elle. Dans l'obscurité elle ne pouvait pas lire dans ses yeux, mais son désir était palpable. À moins qu'il n'existe que dans son imagination ? Comment savoir ? Elle était si inexpérimentée… Il lui prit les clés et passa devant elle pour ouvrir la porte. Elle se figea. Mais pas comme une statue de glace. Comme une femme clouée sur place par une excitation si intense qu'elle en était presque effrayante.

— Vous feriez mieux d'entrer chez vous, mademoiselle Marron. Maintenant. Avant…

La voix du roi s'éteignit.

— Avant quoi ?

Il la regarda en silence pendant un long, très long moment. Puis il la salua d'un signe de tête et s'éloigna dans la nuit. Elle entra chez elle, verrouilla la porte et s'y adossa. Elle ne reverrait plus jamais le roi Giorgos.

Tant mieux, non ? C'était un homme arrogant et borné. Et en plus il avait une très mauvaise opinion d'elle. Oui, c'était une très bonne chose qu'ils ne soient pas amenés à se revoir. Ils n'avaient rien de commun.

4.

« Je n'aime pas qu'on me touche. »

Les paroles de Kassie hantaient Giorgos. Il ne voulait pas lui prouver qu'elle aimait ça quand c'était lui qui le faisait. Non. Ce n'était pas ça. Il avait le devoir de la prévenir. Parce qu'elle n'apprécierait certainement pas non plus d'être traquée. Or c'était sur le point de lui arriver. Protéger Eleni et Damon des objectifs des paparazzis ne posait pas trop de problèmes. Mais Mlle Marron ne disposait d'aucun des moyens de défense du palais. Il serait injuste qu'elle soit en butte au même harcèlement médiatique qu'un membre de la famille royale sans bénéficier des mêmes armes. Une demi-heure avant l'annonce officielle, il se rendit chez elle. Il y avait à peine deux jours qu'ils s'étaient rencontrés et elle occupait toutes ses pensées. Mais de son côté, elle n'allait sûrement pas être ravie de le revoir. Après avoir frappé en vain à sa porte, il fit signe à son garde du corps. Il ne fallut que quelques minutes à ce dernier pour forcer la serrure.

— Attendez-moi dehors, ordonna-t-il en franchissant le seuil.

L'appartement était petit mais chaleureux. Des livres étaient empilés sur une table ancienne, un pot de fleurs égayait le rebord d'une fenêtre et la pièce donnait une impression de confort. Mais une des fenêtres fermait mal et les rideaux de sa chambre étaient trop fins. À la vue de son lit à une place fait impeccablement, il eut un pincement au cœur. Elle ne serait pas en sécurité ici. Or il était de son devoir d'assurer sa protection. C'était lui le responsable de cette situation. Il s'efforça de réprimer la satisfaction intense qui l'envahissait à l'idée de l'avoir de nouveau près de lui. C'était pour elle qu'il agissait. Pas pour lui. Et il allait se prouver qu'il avait retrouvé le contrôle de lui-même.

— Préparez-lui une valise pour quelques jours, dit-il au garde en quittant l'appartement.

Il s'efforça de surmonter son sentiment de culpabilité. Elle allait être furieuse de son intrusion, mais tant pis. Elle était trop vulnérable pour rester ici dans les prochains jours. Il regagna la voiture banalisée qui l'attendait le long du trottoir.

— À l'hôpital, dit-il à son chauffeur.

Le pouls de Kassie subissait des changements imprévisibles. Ces deux dernières nuits, elle avait très peu dormi. Quand elle était seule dans son minuscule appartement, les souvenirs la hantaient et elle était assaillie par des bouffées de désir. Elle se roulait en boule et fermait les yeux pour tenter de faire le vide dans son esprit, mais ça ne marchait pas. Les douches froides n'étaient pas plus efficaces. Pourquoi le destin était-il aussi cruel ? Pourquoi fallait-il qu'elle soit troublée par le seul homme avec lequel rien n'était possible ? Le seul moyen pour elle de se distraire de ces pensées c'était de travailler. Elle avait passé l'après-midi à mettre à jour ses dossiers et venait de s'interrompre quelques instants pour manger un sandwich acheté au distributeur du deuxième étage. Alors qu'elle traversait le service en direction de son bureau, elle s'arrêta auprès d'un de ses patients. Un jeune garçon victime d'un accident grave, à qui l'équipe médicale tentait d'éviter l'amputation. Elle lui fit un massage en lui parlant d'une voix apaisante. Lorsqu'elle sortit de derrière le rideau qui masquait son lit, son cœur fit un bond dans sa poitrine. Le roi Giorgos était là, vêtu d'un de ses costumes impeccablement coupés.

— Vous écoutez les conversations privées ? murmura-t-elle avec indignation.

Elle s'éloigna pour être hors de portée de voix des autres patients.

— Que faites-vous ici ?

— C'est à vous qu'il faut poser la question. Vous n'êtes pas de garde ce week-end.

Elle resta bouche bée. Comment le savait-il ?

— Il fallait que je termine le travail administratif que je n'ai pas eu le temps de faire l'autre soir.

— À l'instant ce n'était pas du travail administratif que vous faisiez.

— Il souffrait. Vous voudriez que je l'ignore ?

Il pinça les lèvres.

— Il faut que vous veniez avec moi.

— Je ne peux pas partir. Il faut que je travaille.

— Vous êtes en congé pour la semaine.

La semaine ? Elle vacilla sur ses jambes.

— Pourquoi ?

— Parce que votre vie est sur le point de devenir infernale.

Le roi jeta un coup d'œil dans son bureau.

— Prenez votre sac. Vous partez avec moi.

— Encore ?

Croisant les bras, elle le foudroya du regard.

— Votre vie est incomplète sans une captive ? La présence d'une femme enchaînée dans le palais vous est indispensable ?

Une lueur malicieuse s'alluma dans les yeux du roi.

— Vous faites une fixation ! Vous avez vraiment envie que je vous enchaîne ?

Un frisson délicieux la parcourut. Elle n'aurait jamais imaginé que plaisanter avec lui l'exciterait ce point…

— C'est pour votre sécurité, mademoiselle Marron.

Pas pour votre plaisir. Ni pour le mien. Un hélicoptère nous attend sur le toit.

— Vous n'êtes pas sérieux !

— Ne soyez pas aussi naïve. Ils sont déjà en chemin.

— Ils ?

— Journalistes, photographes, paparazzis, vautours. Appelez-les comme vous voulez.

— Pourquoi s'intéresseraient-ils à moi ?

— Ils vont vous harceler.

— Je me moque de ce qu'ils peuvent écrire sur moi.

Ça ne pouvait pas être pire que ce qu'elle avait entendu pendant des années…

— Le problème ce n'est pas ce qu'ils écrivent. C'est la traque, le harcèlement, les questions hurlées en pleine rue. Et ils interrogeront tous les gens à qui vous avez adressé la parole au moins une fois dans votre vie… Il faut que vous vous mettiez à l'abri. Au moins jusqu'à ce que le cirque initial se calme.

Le roi ouvrit la porte de la cage d'escalier en lui faisant signe de le suivre.

— Dépêchez-vous ! Sinon je vous porte jusque là-haut moi-même.

Cette menace ne servit qu'à pousser Kassie à la rébellion.

— Vous ne supportez pas qu'on n'obtempère pas quand vous donnez des ordres, n'est-ce pas ? Vous attendez des autres qu'ils tombent à genoux devant vous et se soumettent sans un mot. En particulier les femmes. Prévoyez-vous des genouillères pour chacune de vos maîtresses ?

Les yeux émeraude lancèrent des éclairs. Était-elle allée trop loin ? D'où sortait cette agressivité ? Elle éprouvait un besoin irrépressible de lui tenir tête. Pourtant elle n'avait jamais joué les harpies de sa vie…

— Qu'y a-t-il ? lança-t-elle par bravade. Ai-je touché un point sensible ?

Il l'attira dans la cage d'escalier et claqua la porte derrière eux.

— Décidément, vous ne pouvez pas vous empêcher de me provoquer, murmura-t-il en l'immobilisant contre le mur, une main de chaque côté de ses épaules. Vous espérez que je vais réagir comme l'autre soir pour pouvoir ensuite me reprocher ma conduite. Mais la vérité c'est que vous avez aimé ça. Vous êtes attirée par moi. Vous avez envie de moi. Seulement vous ne voulez pas l'admettre.

— Ce n'est pas vrai !

Le cœur de Kassie battait frénétiquement. Les paroles du roi étaient choquantes. Mais le plus choquant c'était les réactions qu'elles déclenchaient dans tout son corps. Il avait raison. Impossible de le nier. Elle avait envie de lui. Le regard émeraude glissa vers ses seins, dont les pointes tendaient le tissu de sa tunique. Mortifiée, elle s'exclama :

— Vous êtes la créature la plus arrogante qui ait jamais foulé le sol de la planète !

Il pouffa.

— Au moins, je suis honnête.

— Vous voulez que je le sois moi aussi ?

— Ça serait un bon début.

— Vous êtes le dernier homme qui pourrait m'attirer.

— Je crois au contraire que je suis le *seul* homme qui vous a jamais attirée.

Elle serra les dents. Il avait raison… Et c'était encore plus rageant. Pourquoi fallait-il que ça tombe sur lui ?

— Tout est trop facile pour vous, marmonna-t-elle. Vous êtes persuadé de pouvoir avoir toutes les femmes que vous voulez. Tout dans votre vie est jetable.

— *Rien* dans ma vie n'est jetable.

Le sourire arrogant qui étirait les lèvres du roi se teinta d'amertume.

— Tout ce que je fais a de lourdes conséquences. Rien ne s'oublie.

Il s'écarta d'elle, mais referma la main sur son poing crispé.

— Avez-vous subi un préjudice de la part d'un homme riche et puissant, Kassiani ?

Bien sûr. À commencer par mon père.

— Ça ne vous regarde pas.

— De toute façon, la carte de la pitié n'aura aucun effet sur moi. Votre passé n'est pas mon problème. La seule chose qui compte pour moi c'est le présent. Et il faut que vous veniez avec moi.

— Et si je refuse ?

— Vous aimeriez bien que je vous balance sur mon épaule, n'est-ce pas ?

Devant son air outré, il pouffa de nouveau.

— Vous croyez que je n'oserais pas ?

Elle réprima un soupir. Bien sûr qu'il oserait… Mais pas question de céder aussi facilement.

— Tout ce que je veux c'est vous épargner un film d'horreur, insista-t-il.

— Je peux me débrouiller seule.

Il la lâcha avec un soupir théâtral, puis il sortit son portable de sa poche et le lui mit sous le nez.

— Jetez un coup d'œil à ça. Regardez ce qui se passe devant chez vous en ce moment même.

Elle vit un groupe d'hommes en jean et T-shirt, dont certains étaient juchés sur des scooters, avec des appareils photo et des téléphones. L'un d'entre eux tambourinait régulièrement contre sa porte.

— Comment pouvez-vous voir mon appartement ? Vous avez installé des caméras devant chez moi ?

— Ces images sont transmises en direct par mon équipe de sécurité. J'ai un garde posté dans l'immeuble d'en face, et un autre…

Il fit glisser ses doigts sur l'écran, puis le lui remit sous les yeux, les traits crispés par la colère.

— Vous ne pouvez pas rentrer chez vous. Pas avant que j'aie la situation sous contrôle.

Elle regarda l'écran. Il y avait deux hommes dans son arrière-cour.

— Ils fouillent dans ma poubelle ? s'exclama-t-elle, atterrée.

— Vous comprenez, maintenant ? Vous avez envie de les affronter ? D'être mitraillée de questions ? De voir votre photo à la une de tous les tabloïds ? Il faut que vous veniez avec moi. Il y en a sûrement ici aussi, en train d'essayer de tromper la vigilance de la sécurité.

— Pourquoi s'intéressent-ils à moi ?

— Parce que votre demi-frère vient d'épouser ma sœur.

— Pardon ?

— Ils sont revenus. Ils se sont mariés. Cet après-midi.

Le regard du roi était anxieux.

— Eleni va bien ?

— Apparemment. Et en tout cas mieux que vous dans quelques instants si vous ne venez pas avec moi.

Et lui, allait-il bien ? se demanda-t-elle. Ce n'était pas l'impression qu'il donnait. Sans un mot, elle le suivit dans l'escalier. Les questions qui tourbillonnaient dans son esprit étaient si nombreuses qu'elle ne savait pas par où commencer. Moins de deux minutes plus tard, elle était attachée à son siège pour son premier vol en hélicoptère. Giorgos lui tendit un casque et elle le mit avec des doigts tremblants tandis que l'appareil s'élevait dans les airs.

— Nous disposons d'un canal sécurisé.

Elle fut parcourue d'un frisson. Sa voix semblait trop proche, trop intime, dans le casque.

— Même le pilote ne peut pas nous entendre. Ça va ? demanda-t-il avec un sourire contraint.

— Ça va. Et vous ?

— Ça va aller.

Il lui lança un regard contrit.

— Je suis désolé.

Elle aussi… Parce que tout ça avait un parfum de scandale. Sa mère avait été la maîtresse d'un homme marié — « l'autre femme ». Et elle-même était une enfant de l'adultère. Le genre d'histoire croustillante qui ne devrait jamais ternir l'image d'une famille royale.

— Comment faites-vous face ?

Elle indiqua le téléphone, qu'il avait toujours dans la main.

— Comment vivez-vous avec le harcèlement ?

— Oh ! ils ne me harcèlent pas comme ils peuvent le faire avec vous ou n'importe quelle autre femme. Je sais que c'est injuste.

Giorgos soupira.

— Quelqu'un qui est né sous les projecteurs est prévenu et a au moins appris à se cuirasser contre ce cirque. Mais les femmes sont beaucoup plus visées que les hommes.

— C'est pour ça que vous faites tout pour protéger Eleni ?

Il remit son téléphone dans sa poche en soupirant.

— Je ne voulais pas qu'elle subisse ça. Jamais. Je voulais la mettre autant que possible à l'abri des projecteurs. La faire passer de la sécurité d'un palais à un autre.

Il soupira.

— Mais ça ne l'a pas empêchée de commettre la plus vieille erreur du monde.

— Alors vous avez obligé Damon à l'épouser ?

— Je ne pense pas pouvoir lui faire faire quoi que ce soit contre son gré. C'est votre demi-frère, après tout…

Il lui lança un regard entendu.

— Il a pratiquement kidnappé Eleni pour l'empêcher d'épouser le prince Xander. C'est lui qui a insisté pour ce mariage. Elle était prête à assumer le bébé toute seule.

— Et vous ne l'en croyez pas capable ?

Kassie sentit son esprit de rébellion se réveiller.

— Ma mère l'a fait.

— Et c'était facile ?

— Bien sûr que non, mais…

— Alors vous savez exactement pourquoi je ne voulais

pas ça pour Eleni. Mais c'est Damon, pas moi, qui l'a convaincue que le mariage était la meilleure solution. Ce n'est pas moi qui ai joué les despotes.

Le regard de Giorgos se fixa sur Kassie et devint songeur.

— Et pour vous comment c'était ?

— Quoi donc ?

— La décision de votre mère d'assumer seule.

— Elle n'a pas eu vraiment le choix, étant donné que mon père était déjà marié, répliqua-t-elle d'un ton crispé. Elle évitait les autres hommes.

— Et vous en faites autant.

— Ça vous étonne ? J'ai vu ma mère attendre, attendre et attendre encore que son amant tienne ses promesses. Elle a choisi d'être un pis-aller et s'est contentée de miettes toute sa vie. Et pour quoi ? Mensonges, abandon et cœur brisé.

— Elle ne s'est jamais intéressée à personne d'autre ?

— Parce que, selon vous, le plus important pour une femme c'est de trouver un homme ?

— J'imagine que beaucoup s'intéressaient à votre mère.

— Parce que les hommes attendent avant tout d'une femme qu'elle soit belle ?

— Êtes-vous vraiment obligée d'interpréter mes questions de manière aussi caricaturale ? Je suis certain que votre mère avait des tas d'autres qualités. Le courage. La détermination. La compassion…

— Comment pouvez-vous en être certain ?

— Parce que sa fille a les mêmes.

Kassie considéra Giorgos avec perplexité. Que répondre à ça ? Il était versatile. D'une franchise brutale. Étrangement attentif. Dangereux.

— Cependant, vous êtes résolue à ne pas lui ressembler, ajouta-t-il.

Elle se raidit.

— J'aimais ma mère…

Et elle avait toujours été loyale envers elle, même si les causes de conflit n'avaient pas manqué.

— Je n'en doute pas.

— Eleni et Damon sont vraiment mariés ?

Elle secoua la tête. Ça paraissait si incroyable…

Giorgos prit son téléphone et lui montra une photo. Elle fut émue à la vue de son demi-frère et de la princesse. Penchés l'un vers l'autre en train de rire. Leur complicité était flagrante. Peut-être que ça allait marcher.

— Ils semblent heureux.

— Les apparences sont parfois trompeuses…

— Non. La princesse est rayonnante. Personne ne peut faire semblant d'avoir les yeux aussi brillants et un sourire aussi éclatant.

Giorgos étudia attentivement la photo sans répondre.

— Je ne connais pas très bien Damon, reconnut-elle. Mais je sais que contrairement à notre père c'est quelqu'un de bien.

— L'avenir le dira.

Giorgos était méfiant. Il avait sans doute des raisons de l'être, songea-t-elle. Comme elle…

— Où m'emmenez-vous ?

— Au Pavillon d'été.

La résidence estivale de la famille royale ?

— Eleni et Damon ont besoin d'intimité au palais, ajouta-t-il. Vous, vous avez besoin d'échapper aux paparazzis. Et moi, je peux travailler de là-bas. Quand êtes-vous partie en vacances pour la dernière fois ? Quand vous êtes-vous fait plaisir pour la dernière fois ? Vous avez passé votre vie à vous occuper de votre mère ou à étudier pour pouvoir vous occuper des autres. Vous méritez de faire une pause.

— Êtes-vous en train de suggérer que je devrais vous remercier ? Comme si vous me rendiez service ? Ce n'est pas du tout le genre de vacances dont je rêve !

Elle ne put s'empêcher de pouffer.

— Et vous considérez que vous n'êtes pas arrogant !

— Regardez par le hublot. Je pense que vous devriez apprécier.

Elle se décida enfin à regarder par le hublot. Ils survolaient une île superbe — jardins fleuris, formations rocheuses impressionnantes et eaux turquoise. Au sommet de la falaise, une maison basse semblait faire partie de la roche. Quelques instants plus tard, ils se posèrent sur l'héliport situé à l'arrière du bâtiment. Dès qu'ils furent descendus de l'appareil, elle fut frappée par le silence. Personne n'était là pour les accueillir et il n'y avait pas d'autre construction à proximité.

Le Pavillon d'été était très différent de l'imposant palais situé dans la capitale, où s'affairait une foule d'employés. Grande sans être immense, cette villa aux lignes pures et au décor raffiné n'avait rien de prétentieux. Pas de dorures ni de moulures. Pas de lustres de cristal. Pas de tableaux sinistres recouvrant tous les murs ni de meubles anciens encombrant les pièces. Les murs blancs, le plancher couleur de miel, l'espace et la lumière créaient une atmosphère sereine. Et intime.

— La maison est imbriquée dans un réseau de grottes existantes. Il y a une piscine qui est en partie à l'intérieur d'une grotte, et en partie à l'extérieur, exposée au soleil.

— C'est… Ce n'est pas du tout ce que j'imaginais. C'est beaucoup moins solennel que le palais.

— Je savais que ça vous plairait.

Un sourire éclaira le visage de Giorgos. Et pour une fois il n'avait rien d'arrogant. Le cœur de Kassie s'affola dans sa poitrine. Il s'était dit qu'elle aimerait cet endroit. Il avait voulu lui faire plaisir… La nuit tombait et l'atmosphère devenait de plus en plus intime. Elle était seule avec le roi… Bloquée avec lui sur cette île pour une durée indéterminée. Un long frisson courut le long de son épine dorsale. Un frisson d'excitation ? Non, impossible. Elle devrait être furieuse qu'il l'ait pratiquement kidnappée. Mais les explications qu'il lui avait données dans l'hélicoptère avaient fait retomber sa colère.

— Avez-vous faim ? demanda-t-il.

Elle secoua la tête.

— J'ai mangé un sandwich à l'hôpital.

— Dans ce cas je vais vous conduire à votre chambre, afin que vous puissiez vous installer.

Elle le suivit dans un large couloir jusqu'à une chambre au décor sobre. Murs blancs, meubles blancs et couvre-lit blanc sur le grand, très grand lit… Mais loin d'être froide et impersonnelle, la pièce était chaleureuse et accueillante.

— C'est mon sac ?

Elle regarda avec incrédulité le petit sac de voyage posé sur le support en bois au pied du lit. Puis elle pivota pour faire face au roi. Impassible, il la fixa sans répondre.

— Vous êtes entré chez moi ? Vous avez fouillé dans mes affaires ? demanda-t-elle d'une voix glaciale.

Il secoua la tête.

— C'est un de mes hommes qui a fait votre sac.

— Un type que je n'ai jamais vu de ma vie a fouillé dans mes dessous ?

Il s'éclaircit la voix.

— J'ai pensé que vous préféreriez avoir les vôtres plutôt que d'accepter que je vous en achète.

Il avait raison, bien sûr. Mais ça n'excusait pas son comportement. Il méritait une leçon. Elle releva le menton.

— Qu'est-ce qui vous fait croire ça ? Quelle femme n'aimerait pas avoir une nouvelle garde-robe, et surtout des dessous neufs ? Surtout si ce n'est pas elle qui les paye !

Il parut interloqué, puis il pouffa.

— Ne vous inquiétez pas. Si ça vous contrarie tant que ça que je n'aie pas vu vos dessous, vous pourrez me les montrer vous-même plus tard, plaisanta-t-il.

Il y eut un long silence. Incapable de détacher son regard du sien, elle était en proie à un trouble intense.

— Je ne coucherai pas avec vous.

— Vous l'ai-je proposé ?

À sa grande irritation, elle sentit ses joues s'enflammer.

— Nous sommes pratiquement parents, souligna-t-elle pour se donner une contenance. Vous êtes… Quoi donc ? Mon beau-frère ?

Sans qu'elle en ait conscience il s'était rapproché d'elle. Ou bien était-ce un effet de son imagination ? En tout cas, il était assez près pour qu'elle sente la chaleur de son corps… Il tendit la main pour écarter de son visage une mèche échappée de sa tresse.

— Nos relations n'ont rien de fraternel, murmura-t-il.

Envahie par une chaleur intense, elle déglutit péniblement.

— Je vous laisse défaire votre sac, ajouta-t-il en s'écartant d'elle. Reposez-vous. Nagez, si ça vous tente. Si vous avez besoin de quoi que ce soit, n'hésitez pas à le demander. Les quelques personnes qui travaillent ici font partie de mes plus fidèles employés. Je vous en prie, faites comme chez vous.

Faire comme chez elle ? Il plaisantait ! Pour lui cette villa était sans doute petite, mais pour sa part elle n'avait jamais vécu dans un endroit aussi grand ni aussi luxueux. Il y avait deux pièces attenantes à sa chambre, constata-t-elle une fois seule. Un grand salon avec un canapé, un fauteuil confortable et une baie vitrée qui ouvrait sur un balcon surplombant la mer. Et puis il y avait la salle de bains.

Elle aperçut son reflet dans les miroirs et eut une moue de dépit. Après une hésitation, elle choisit de prendre une douche plutôt qu'un bain. Les jets multiples étaient sublimes. Les savons et les shampoings délicatement parfumés. Les serviettes douces et moelleuses. Pendant une demi-heure elle s'abandonna sans réserves aux délices du luxe. Puis elle sortit un jean et un T-shirt de son sac et s'habilla. Qu'était-elle censée faire à présent ? Après une hésitation, elle quitta sa chambre. Pas question de se terrer en attendant qu'il la convoque. La villa se révéla plus vaste qu'elle ne l'avait cru, et ses couloirs faisaient de nombreux détours qui n'aidaient pas à s'orienter. Alors qu'elle rebroussait chemin dans un couloir qui l'avait conduite à la piscine, elle rencontra un homme vêtu avec élégance, qui parut surpris à la vue de ses pieds nus.

— Puis-je vous aider, mademoiselle ?

— Je cherche le roi.

— Si vous voulez bien attendre, je vais le lui dire.

À cet instant elle entendit de la musique et vit qu'elle avait manqué un couloir qui partait sur la gauche.

— C'est inutile, je vais le lui dire moi-même. Il est de ce côté ?

L'homme ne le nia pas et elle lui sourit. Quelques mètres plus loin elle arriva devant une porte. Sans prendre la peine de frapper, elle l'ouvrit.

— Vous rôdez ? demanda Giorgos.

Il était affalé sur un canapé, la cravate de travers, les manches retroussées, une lueur dangereuse dans les yeux. Devant lui sur une table basse, une bouteille de whisky côtoyait un plateau d'argent chargé de mezze qui n'avaient visiblement pas été touchés. En revanche, il avait un verre à moitié plein à la main.

— Je cherchais votre tanière. Il semble que je l'aie trouvée.

— J'aime que la porte soit fermée.

Le regard du roi s'attarda sur sa tresse encore mouillée et il but une grande gorgée de whisky. Après avoir fermé la porte elle se retourna vers lui. Jouer avec le feu était stupide, mais c'était plus fort qu'elle…

— Votre chambre vous convient-elle ? demanda-t-il d'un ton exagérément courtois.

— Très bien, répondit-elle en se perchant sur le bras du canapé, à bonne distance de lui.

Il poussa un profond soupir.

— J'en ai assez de me contrôler, Kassie. J'ai envie de

laisser ma libido s'exprimer. Si vous n'êtes pas d'accord, il faut que vous quittiez cette pièce immédiatement.

Elle scruta son visage. Sous son air assuré il était las et vulnérable. Et seul.

— Vous êtes contrarié.

— Je suis excité. J'ai envie de m'enivrer de sexe. J'ai envie de vous embrasser et de vous caresser jusqu'à ce que vous me suppliiez de me perdre au plus profond de vous. Et si je vous choque ça m'est égal. Je vous explique juste franchement pourquoi il faut que vous quittiez la pièce. *Maintenant.*

Électrisée, elle faillit tomber de son accoudoir. Il ne la choquait pas, il l'excitait… Et elle mourait d'envie de le provoquer…

— Comme si vous n'étiez pas capable de vous contrôler. Je sais que vous l'êtes.

— Mais je n'en ai pas envie. C'est là que ça se complique. Je vous ordonne de vous en aller.

— C'est vous qui m'avez traînée jusqu'ici et maintenant vous me chassez ?

Elle se laissa glisser de l'accoudoir sur le canapé. Avec un grognement, il but une nouvelle gorgée de whisky.

— Qu'allez-vous faire si je m'en vais ?

— Continuer à boire.

— Quel ennui…

— Vous me trouvez *ennuyeux* ?

Il posa son verre sur la table basse.

— Vous avez raison. Ça fait dix ans que je n'ai pas bu.

— Alors il ne vous en faudra pas beaucoup pour être ivre. Peut-être ferais-je mieux de vous épargner la gueule de bois. Sans compter que votre réputation de sérieux serait ternie. Oui, je crois qu'il vaut mieux que je reste.

— Vous avez décidé de me tourmenter…

Il lui prit la main.

— À moins que vous ayez la même envie que moi ?

Parcourue d'un long frisson, elle ne répondit pas.

— Avouez que je vous trouble, insista-t-il.

Elle déglutit péniblement. Comment le nier ?

— Apparemment.

— Pourquoi, selon vous ?

Elle détourna les yeux et les fixa sur le verre.

— C'est peut-être le pouvoir. Peut-être que de ce point de vue je suis aussi faible que ma mère.

— Elle était attirée par un homme puissant ?

— Le plus puissant de sa connaissance. John Gale était séduisant, intelligent. Il lui a promis la lune et ne lui a jamais rien donné.

— Que s'est-il passé ?

— Rien. C'est tout le problème.

Elle eut un petit rire amer.

— Il lui mentait. Il l'a menée en bateau pendant des années. Elle a mis sa vie entre parenthèses pour lui. Elle accourait dès qu'il l'appelait…

Kassie se tut, embarrassée.

— Elle l'aimait, commenta Giorgos.

— Était-ce vraiment de l'amour ? Elle se contentait de trop peu. Elle acceptait toutes les frustrations qu'il lui infligeait.

— Est-ce pour cela que vous, vous n'acceptez rien des hommes ?

Elle le foudroya du regard, mais il poursuivit.

— Vous vivez seule. Vous êtes farouchement indépendante. Et vous n'avez pas de relations amoureuses.

— Vous avez changé d'opinion ? Il n'y a pas si longtemps vous pensiez que je couchais avec tous les médecins de l'hôpital.

— Je suis désolé d'avoir dit ça. Mon inquiétude pour Eleni faussait mon jugement.

— Ce qui ne vous a pas empêché de me cataloguer au premier regard.

Elle secoua la tête.

— Ne vous inquiétez pas. Vous n'êtes pas le premier.

Il reposa son verre sur la table en soupirant.

— Je suis désolé pour ça aussi. Est-ce une des raisons pour lesquelles vous refusez tout type de relation ?

Touchée par ses excuses et encouragée par sa franchise, elle répondit :

— Ce n'est pas que je ne veux pas d'une relation. Le problème c'est que je n'ai jamais été attirée par aucun homme.

— Pourtant je vous trouble.

Elle hocha la tête.

— Le destin n'est-il pas cruel ?

— Parce que je suis puissant ? Et si je n'avais aucun pouvoir ? S'il n'y avait ni couronne, ni palais, ni Pavillon d'été… Juste un homme normal en T-shirt et en jean. Seriez-vous toujours attirée par moi ?

Bien sûr… Parce que son pouvoir n'avait rien à voir avec les attributs de sa fonction. Il était dû à ses qualités intrinsèques. Mais ça ne changeait rien au problème.

— À quoi bon échafauder des hypothèses ? Le fait est que vous êtes le roi, que vous avez une couronne, des palais et le pouvoir.

— Alors il ne peut rien se passer entre nous ?

— En effet.

— Il n'y a aucune raison de ne pas passer un bon moment ensemble.

— Il y a *toutes* les raisons.

Déglutissant péniblement, elle se maudit. Elle aurait dû partir quand il le lui avait dit… Mais elle avait cru pouvoir garder ses distances… *Menteuse. Tu es restée parce que tu n'as pas envie de garder tes distances.*

— Il y a toutes les raisons de voler un moment, Kassie, plaida-t-il d'une voix douce. Ne méritez-vous pas au moins ça ?

— Comme si ça pouvait me faire du bien !

Elle roula les yeux, mais la petite voix intérieure qui avait tendance à se moquer d'elle s'en mêla de nouveau. *Bien sûr que ça te ferait du bien.* Oui, d'accord. Si elle était restée ce n'était pas parce qu'elle s'était crue capable de résister à la tentation. C'était parce qu'elle avait envie d'y céder, au contraire.

— Je vous ferais du bien, répliqua-t-il.

Puis il pouffa devant le regard noir qu'elle lui lança.

— Vous savez que c'est vrai. Pourquoi ne pas essayer pour voir si vous aimez ça ? Je pense que vous pourriez *beaucoup* aimer ça.

Il se rapprocha d'elle et s'immobilisa à quelques centimètres. Envahie par une douce chaleur, elle sentit son cœur s'affoler dans sa poitrine. Oh ! comme elle avait envie qu'il se rapproche encore… Qu'il la touche… Elle resta immobile, les yeux fixés droit devant elle.

— Je pourrais vous donner beaucoup de plaisir. Vous savez que c'est vrai. Vous en éprouvez déjà un peu, non ?

Elle tourna la tête vers lui. Ses yeux verts plongèrent dans les siens, décuplant son trouble.

— Votre Alt…

— Appelez-moi Giorgos. Je ne suis pas votre roi. Pas ici.

— Vous ne pouvez pas…

— C'est un ordre. Quand nous sommes seuls, je ne suis pas votre roi. Vous êtes mon égale. Vous pouvez parler franchement… même quand ce que vous dites ne me plaît pas.

— Je parle déjà franchement. Vous savez que vous ne pouvez pas m'en empêcher. Et vous savez aussi que vous me troublez.

— Alors faisons simple. Tout ce dont j'ai envie, en ce moment même, c'est vous embrasser. Êtes-vous d'accord ?

La tentation — si nouvelle — était irrésistible. Comment ne pas essayer — juste une fois — à présent qu'elle en avait enfin envie ? Ce serait sans aucun doute une erreur, mais pas très grave. Et qui valait sans doute la peine, quel que soit le prix à payer.

— Un baiser, murmura-t-elle dans un souffle. Un seul.

Lentement, il prit son visage entre ses mains et se pencha vers elle pour effleurer ses lèvres avec une douceur infinie. Non, ce n'était pas un vrai baiser... Ce qu'elle voulait c'était un baiser passionné, comme l'autre soir... Comme s'il lisait dans ses pensées, il glissa la langue entre ses lèvres. Le feu qui couvait en elle se répandit dans tout son corps. Fermant les yeux, elle s'abandonna aux sensations exquises qui l'assaillaient. C'était bon. Si bon... Il prolongea son baiser avec une nonchalance exquise pendant quelques secondes avant de l'interrompre.

— Est-ce si terrible ? demanda-t-il à mi-voix.

Les yeux toujours fermés, elle ne répondit pas. Elle n'avait pas envie de parler. Elle n'avait pas envie de rompre le charme. Tout ce qu'elle voulait c'était que ce moment de pure félicité dure toujours...

— Mon baiser vous aurait-il fait tomber en catalepsie ?

Elle laissa échapper un petit rire joyeux, en même temps que des larmes lui brûlaient les paupières. Elle les refoula et ouvrit les yeux.

— Oh ! elle respire, elle sourit. Elle est vivante, plaisanta-t-il en souriant. Était-ce si terrible ?

Son ton mi-arrogant, mi-malicieux masquait une sollicitude réelle, comprit-elle. Elle secoua la tête.

— Pourquoi vous êtes-vous arrêté ? Vous auriez pu continuer et vous le savez.

— Oui, mais je voulais que vous preniez bien conscience de votre envie que je continue. Je voulais attiser votre désir.

Elle fut parcourue d'un long frisson. Cette franchise était à la fois choquante et incroyablement excitante...

— C'est injuste.

— Pas du tout. Après tout, il y a plusieurs jours que vous attisez le mien.

— Involontairement. Je n'en étais pas consciente.

— Oh ! si, vous l'étiez.

Elle baissa les yeux. Oui, elle était consciente de l'électricité qui crépitait entre eux, mais sans être sûre qu'il la ressentait aussi intensément qu'elle. Et sans savoir comment réagir. Giorgos laissa échapper un grognement étouffé et se pencha de nouveau vers elle.

— Je vais encore vous embrasser, Kassie. Et je vais aussi vous toucher.

Parcourue d'un nouveau frisson, elle murmura :

— Où allez-vous me toucher ?

Le sourire approbateur qui éclaira le visage de Giorgos lui donna envie de se blottir contre lui.

— Je vais te caresser les seins, le ventre, les cuisses… Je vais glisser la main dans ta culotte pour te caresser là où tu es la plus brûlante. Là où tu es déjà humide.

La gorge sèche elle déglutit péniblement, doublement électrisée par ses paroles et par son tutoiement.

— Le seul fait de m'entendre le dire te donne envie que je le fasse, murmura-t-il avant de capturer brièvement sa bouche dans un baiser gourmand. Je pense que ton corps sait ce qu'il veut et qu'il te demande de l'écouter.

Il la hissa sur ses genoux et l'embrassa dans le cou.

— Es-tu d'accord ?

— Embrasse-moi, demanda-t-elle dans un souffle.

Il ne se fit pas prier. Nouant les bras sur sa nuque, elle s'abandonna au plaisir exquis de sentir sa bouche jouer avec la sienne, alternant petits baisers furtifs et longs baisers langoureux. Jamais elle n'aurait imaginé qu'être embrassée pouvait être aussi bon, aussi grisant, aussi… excitant. Mais allait-il aussi tenir ses autres promesses ? Elle avait tellement envie de sentir ses mains sur ses seins… Tellement envie de sentir ses doigts s'introduire dans sa culotte… Allait-il vraiment le faire ? Impatiente mais incapable de le formuler, elle laissa échapper un gémissement. Il quitta sa bouche et parsema son cou de baisers tout en glissant la main sous son T-shirt. Il la referma sur un sein et se mit à caresser sa pointe durcie du bout du pouce.

— Giorgos…

Il s'empara de nouveau de sa bouche, dans un baiser fougueux auquel elle répondit avec ardeur. Et elle sentit enfin sa main descendre lentement le long de son corps, s'attarder sur son ventre, descendre encore… se glisser sous la ceinture de son jean… sous l'élastique de sa culotte… Lorsque ses doigts effleurèrent son sexe, elle creusa les reins en gémissant. C'était bon, si bon… Ses hanches se mirent à onduler d'elles-mêmes tandis qu'il accentuait peu à peu ses caresses. Un plaisir inconnu montait du plus profond d'elle. Un plaisir qui s'annonçait prodigieux… Giorgos interrompit brusquement ses caresses et elle crut défaillir de frustration. Mais il les reprit aussitôt et le plaisir la submergea, lui arrachant un cri étranglé qu'il étouffa d'un baiser vorace.

Puis il s'arracha à sa bouche et elle eut confusément conscience qu'il la contemplait avec satisfaction, tandis que des vagues dévastatrices déferlaient en elle, encore et encore. Elle enfouit son visage au creux de son épaule pour échapper à son regard pénétrant. Il la serra dans ses bras en lui caressant les cheveux avec une douceur infinie, comme s'il comprenait sa vulnérabilité. Tandis que des ondes de plaisir continuaient de la parcourir, elle sentit son cœur se gonfler d'une joie indicible. Relevant la tête, elle lui sourit avec gratitude.

— C'était… fantastique. Juste… fantastique. Jamais je…

Sa voix s'éteignit. Impossible de trouver les mots pour exprimer ce qu'elle ressentait.

— C'était la première fois ?

Quand elle hocha la tête, elle vit une lueur s'allumer dans ses yeux.

Elle poussa un petit soupir alors qu'une dernière onde de plaisir la parcourait.

— Merci.

— Je t'en prie, répliqua-t-il d'un ton bourru.

Puis il glissa un bras sous ses genoux et se leva en la portant contre lui.

— Il est tard, Kassie. La journée a été longue.

Et elle n'était pas terminée… Elle fut parcourue

de frissons délicieux, tandis qu'il la portait jusqu'à sa chambre et la déposait délicatement sur son grand lit blanc. Elle attendit, le cœur battant, impatiente de sentir de nouveau ses mains sur elle. Mais il s'écarta du lit.

— Cette fois, il faut vraiment mettre de la distance entre nous. Ce n'est pas un ordre. C'est une prière.

— Giorgos…

Il secoua la tête.

— Non.

Lorsque la porte se referma derrière lui, elle étouffa un gémissement de frustration. Elle aurait tellement aimé qu'il reste…

5.

Kassie se réveilla en sursaut et prit conscience instinctivement qu'il était tard. Comment avait-elle pu dormir d'un sommeil aussi profond après tous les événements de la veille ? Ça paraissait incroyable, mais le grand lit était très confortable, et la température de la pièce délicieusement fraîche.

Elle se doucha et s'habilla en hâte, puis parcourut le dédale de couloirs jusqu'à la « tanière » de Giorgos. Il était assis au bureau, vêtu d'un de ses costumes impeccables. Son visage crispé ne s'éclaira pas le moins du monde quand il leva les yeux de son ordinateur à son entrée. Après avoir fermé la porte, elle évita son regard et se concentra sur les papiers étalés devant lui. Ce furent les journaux qui retinrent son attention. À la vue des gros titres elle sentit son cœur se serrer.

« Le roi refuse le bonheur à sa sœur ! »

« La princesse condamnée à un mariage arrangé ! »

« L'amour plus fort que le roi ! »

Sur les photos illustrant les articles, Giorgos avait un air dur, tandis que la princesse Eleni était souriante. L'une d'elles la montrait regardant son frère comme s'il était en train de la réprimander.

— Pauvre Eleni, martyrisée par son grand frère, ironisa Giorgos avec un sourire crispé. Quel odieux tyran je suis…

— Oh ! je ne crois pas, objecta-t-elle en souriant.

Ça doit être agréable d'avoir un frère qui vous prend sous sa protection.

La vie aurait peut-être été plus facile pour elle si elle en avait eu un pour tenir à distance tous les pauvres types qui l'avaient harcelée… Prenant conscience du regard noir de Giorgos, elle demanda :

— Pourquoi fais-tu cette tête ?

— Je t'ai déjà dit qu'il n'y avait rien de fraternel dans nos relations.

Il se leva, fit le tour du bureau et s'immobilisa devant elle. Sans rien faire d'autre que de l'étudier d'un regard pénétrant. Pourquoi ne la prenait-il pas dans ses bras ? se demanda-t-elle, parcourue de longs frissons.

— Rien de fraternel, répéta-t-elle d'une voix étranglée. Ça, j'ai compris.

C'était un homme superbe et il la fascinait, mais ce matin les cernes qui creusaient ses yeux révélaient une certaine vulnérabilité. Avait-il dormi ? Au moment où elle se posait cette question, une évidence s'imposa à elle. La veille il lui avait donné du plaisir, mais de son côté il n'en avait pas reçu. Elle s'était couchée repue et s'était endormie aussitôt. Alors que lui… Lui quoi ? En réalité, elle ne savait même pas s'il avait été excité par ce qui s'était passé hier soir. Il n'avait pensé qu'à elle. Il avait fait passer son plaisir avant le sien. De même qu'il faisait passer l'image d'Eleni avant la sienne.

— Tu t'es arrangé pour apparaître comme le seul responsable de la situation. Tu as décidé d'assumer le rôle du coupable pour la protéger.

— La fièvre médiatique retombera plus vite de cette manière.

— Mais d'ici là, tu es la cible de critiques très dures.

La presse l'éreintait comme elle ne l'avait jamais fait auparavant.

— Je peux gérer, répliqua-t-il en haussant les épaules.

Elle parcourut les premiers paragraphes de l'article.

— Ils disent que tu as essayé de mettre fin à son histoire d'amour et que tu désapprouves son mariage.

— Ce qui est tout à fait exact.

— Non, je sais que tu veux son bonheur.

Giorgos esquissa un sourire.

— Tout à coup, tu as une meilleure opinion de moi ? Sans doute parce que tu as dû très bien dormir cette nuit…

Mieux valait ignorer cette allusion, décida-t-elle. Oui, en effet elle avait changé d'avis à son sujet. Mais ça n'avait rien à voir avec ce qui s'était passé hier…

— Tu n'aurais jamais laissé le mariage se dérouler si tu n'avais pas décidé de lui faire confiance.

— Dans l'intérêt du pays, il fallait que la situation d'Eleni soit réglée rapidement.

Giorgos retourna derrière son bureau.

— C'est dans son intérêt à elle que tu as agi. Elle était ta priorité. Tu ne peux pas le nier.

— Elle a toujours été ma priorité. Tu refusais juste de le voir. Mais à présent, il semblerait que tu ne me considères plus comme un monstre.

La mine sombre, il fit pivoter son ordinateur vers elle. Les images retransmises par une chaîne d'information en continu étaient affichées à l'écran.

— Ce n'est pas seulement après moi qu'ils en ont. Ils sont toujours devant ton appartement. Et ils ont interviewé un de tes collègues. Un qui a rencontré Damon quand il t'a rendu visite. Les journalistes en ont conclu que c'était toi le lien entre Eleni et ton demi-frère.

— Tu en étais arrivé à la même conclusion, rappela-t-elle en haussant les épaules.

Elle se moquait de l'opinion des autres. Elle avait déjà eu droit à tout quand elle était adolescente.

— Mais tu n'y es pour rien, dit-il en retournant l'ordinateur face à lui. Eleni n'a eu besoin de personne pour le rencontrer. Malgré tout, il vaut mieux qu'ils s'acharnent contre moi que contre elle.

— Tu penses qu'ils la blâmeraient s'ils savaient la vérité ?

— Bien sûr. Tu le sais.

— Il n'y a aucune raison de reprocher à une femme de vivre selon ses désirs.

Giorgos pouffa.

— Tu sais de quoi tu parles. Tu es experte dans ce domaine.

Elle ne dit rien, embarrassée et un peu blessée. S'il savait… Il parut contrit, puis une tendresse surprenante se peignit sur son visage.

— Je plaisante mais tu en as des désirs, n'est-ce pas, Kassie ?

Elle détourna les yeux.

— Des désirs stupides. Que je ferais mieux d'ignorer.

— Parce que tu ne veux pas être jugée ? Comme ta mère l'a été ?

— J'ai déjà été jugée. J'ai été jugée pendant des années, pour la seule raison que j'étais sa fille. L'enfant illégitime de la maîtresse. À cause de ça, je suis devenue un objet sexuel dès que j'ai commencé à avoir des rondeurs. Mais les hommes n'aiment pas qu'on leur dise non quand on est cataloguée comme la pouffiasse du village. Ils deviennent encore plus méprisants. Et on a encore plus mauvaise réputation.

— Personne ne te défendait ?

— Qui ? Il n'y avait personne.

Sa mère se tenait à l'écart. Ses copines d'école étaient jalouses de l'intérêt qu'elle suscitait chez les garçons. Elle était rentrée dans sa coquille. Et quand sa mère était tombée malade, elle s'était complètement isolée du monde.

— Ça devait être très dur, commenta Giorgos d'un air compatissant.

— J'ai survécu. Et aujourd'hui je me moque de ce que les gens pensent de moi et racontent à mon sujet. Je veux juste vivre ma vie comme je l'entends.

— Ce serait très bien si c'était le cas. Mais tu ne fais pas réellement ce que tu veux. Tu t'interdis d'avoir une vie sexuelle. Et tu as raison. Les femmes ne devraient pas être jugées différemment des hommes pour leur désir.

Giorgos lança un nouveau coup d'œil à l'écran.

— Tu ne devrais pas regarder ça, dit-elle.

Elle était bien placée pour savoir combien il était douloureux d'être en butte à la calomnie, même si on se disait de ne pas y prêter attention.

— J'ai besoin de savoir ce qu'on raconte sur moi.

— Ce genre de situation est-il fréquent ?

Giorgos crispa la mâchoire.

— Pas depuis plusieurs années.

— Comment réagis-tu d'habitude ?

— Par le silence. On ne commente jamais la vie privée des membres de la famille royale.

— Si tu ne comptes rien dire, pourquoi continuer à regarder ? Pourquoi te préoccuper de ce qu'on raconte ?

— Parce que je suis le roi. J'ai des responsabilités envers mon peuple. L'opinion de mes sujets est d'une importance capitale.

— Tu es le roi mais tu restes un humain. Tu n'es pas parfait. Tu as droit à l'erreur.

— Je ne veux pas qu'ils s'en prennent à Eleni.

— Tu pourrais peut-être lui manifester ton soutien et réduire tes détracteurs au silence par la même occasion.

Giorgos arqua un sourcil sceptique.

— Et comment devrais-je m'y prendre à ton avis ?

— Pourquoi ne pas montrer que tu es heureux d'accueillir Damon dans la famille en invitant ses parents à dîner ? Prouve que tu fais amende honorable et que tu acceptes la situation.

— Inviter ses parents ?

Giorgos s'esclaffa.

— Tu sais bien qu'il n'est pas proche d'eux.

— Peu importe. Personne d'autre ne le sait. Ils viendront. Lécher les bottes des gens puissants est leur plus grand plaisir, précisa-t-elle avec amertume.

Giorgos jeta un coup d'œil à l'écran avant de reporter son attention sur elle.

— Je n'ai peut-être pas besoin d'inviter ses parents, puisque je t'ai sous la main…

— Je suis la honte de la famille. Tu ne peux pas te servir de moi pour redorer ton image.

— Au contraire, dit-il d'un air songeur. En me montrant prêt à accepter cette demi-sœur illégitime, je démontrerais mon ouverture d'esprit et l'évolution progressiste de la monarchie.

Elle sentit son pouls s'accélérer. Il fallait reconnaître que la perspective d'une reconnaissance officielle était très réjouissante.

— Allez-vous me laisser vous entraîner dans le monde moderne, roi Giorgos ? plaisanta-t-elle.

Il continua de l'étudier, une lueur étrange dans les yeux. Puis il soupira.

— Non.

— Pourquoi ? demanda-t-elle, cruellement déçue.

— À quoi bon t'amener ici pour t'éviter d'être harcelée si c'est pour ensuite te jeter en pâture aux journalistes ?

Il s'approcha d'elle et posa les mains sur ses épaules en souriant.

— Mais ce n'était pas une mauvaise idée.

— Es-tu obligé d'être aussi condescendant ? marmonna-t-elle. C'est une idée fantastique. Tu as les moyens d'empêcher les médias de me harceler. N'est-ce pas ce que tu as toujours fait pour toi et Eleni ?

Plus elle y pensait, plus cette idée lui semblait bonne. Elle pouvait l'aider. Et elle en avait envie.

— Tu peux compter sur ma discrétion. Ça va peut-être te paraître incroyable mais je suis capable de me taire quand il le faut.

— Ça va peut-être te paraître incroyable mais je n'ai pas du tout envie que tu te taises.

Il l'attira contre lui.

— Giorgos… Sois sérieux.

Elle ne put s'empêcher de sourire.

— Je peux t'aider.

— Ai-je besoin d'aide ?

— Tu as autant de raisons de te protéger toi-même que de protéger ta sœur. Et de protéger la demi-sœur du mari de ta sœur… Qui n'est pas du tout une sœur pour toi.

Giorgos eut un sourire amusé qui enchanta Kassie. Mais très vite il redevint sérieux.

— Tu n'aimes pas que les gens te jugent. Je ne peux pas te mettre sous les projecteurs. Je ne veux pas me servir de toi.

— Tu n'as pas écouté ce que je t'ai dit. Je me moque de ce que les gens disent de moi. Tu es le seul que ça préoccupe. Et puis, il faut être honnête. Les médias sont déjà après moi. Ils fouillent littéralement dans ma poubelle ! Tout ça parce que je suis vaguement parente avec Damon. Je ne vais pas réussir à me cacher longtemps. Mais si tu me présentes officiellement à la presse, l'intérêt initial devrait rapidement s'estomper. Et une fois qu'ils auront découvert à quel point je suis ennuyeuse les journalistes ne voudront plus entendre parler de moi.

— Pourquoi ferais-tu ça pour moi ?

Elle baissa les yeux en prenant un air humble.

— Tu es mon roi.

— Et tu n'attends rien de moi en échange ? demanda-t-il en se penchant vers elle. Il n'y a rien que je peux faire pour t'aider ?

Oh ! il était diabolique… Il la soumettait à la tentation et elle mourait d'envie d'y succomber. Juste une fois. Pour elle-même.

— Je pourrais rester quelques jours avec toi, dit-elle, le cœur battant. Si je suis vue en ta compagnie, ça prouvera que tu acceptes le mariage d'Eleni.

— Et en retour… En quoi puis-je vous être utile, mademoiselle Marron ?

Elle fut parcourue d'un long frisson. Il l'appelait comme ça uniquement quand il était excité… Quand il devait faire des efforts pour se contrôler.

— Tu le sais bien, murmura-t-elle d'une voix à peine audible.

— Tu as envie de moi.

— Oui.

Elle déglutit péniblement et prit son courage à deux mains.

— Apprends-moi. Tout. Je sais que ce sera sans lendemain. Je n'attends rien de toi. Je ne veux pas d'une relation. Juste l'instant présent.

— Pourquoi ?

— À ton avis ?

Elle le foudroya du regard. Pourquoi l'obligeait-il à *tout* avouer ?

— Je n'ai jamais eu envie de ça avec aucun homme. Je pensais que je n'étais pas… normale. Je veux être normale. Si je le fais une fois et que j'aime ça, je pourrai peut-être recommencer et aimer ça… avec quelqu'un d'autre.

Giorgos la regarda d'un air ébahi.

— Comment ça « une fois » ? Hier, j'ai compris que c'était la première fois que tu éprouvais du plaisir, mais… Tu veux dire que tu n'as jamais… *rien* fait du tout ?

Elle sentit ses joues s'enflammer.

— Je suis vierge, Giorgos.

— Mais… Tu as vingt-trois ans…

— Comme je te l'ai dit je n'aime pas qu'on me touche. Du moins je n'aimais pas ça. Mais hier soir… J'ai aimé ce que tu as fait…

Il la lâcha et recula en enfonçant les mains dans ses poches.

— Ma virginité n'a aucune importance, s'empressa-t-elle d'ajouter alors qu'il se détournait. C'est juste une question de circonstances. Il ne faut pas lui accorder une valeur qu'elle n'a pas.

Il se retourna d'un mouvement vif.

— Comment peux-tu dire qu'elle n'a pas d'importance ?

— Est-ce que tu as fait toute une histoire de ta première fois ?

Elle devait être écarlate, songea-t-elle, surprise par sa propre audace. Il poussa un profond soupir.

— Ma première fois c'était avec une femme un peu plus âgée et beaucoup plus expérimentée que moi.

Malgré elle, sa curiosité fut piquée.

— Quel âge avais-tu ?

Il esquissa un sourire contrit.

— Il vaut mieux que tu ne connaisses pas la réponse…

— Oh ! mais je veux savoir. Tu n'arriveras pas à me choquer.

— Je crois que si, insista-t-il en riant. J'avais quinze ans… et elle vingt-six.

Elle resta bouche bée.

— Tu étais amoureux d'elle ?

— J'étais incroyablement reconnaissant. C'était un professeur très généreux.

— Tu es resté avec elle pendant longtemps ? demanda-t-elle avec un pincement au cœur.

— J'étais jeune, effronté et ardent. J'ai eu beaucoup d'aventures, à l'époque.

— Mais aujourd'hui tu n'en as plus ?

Il n'y avait jamais eu la moindre allusion à une liaison du roi dans la presse. Selon les médias, il consacrait tout son temps au travail. Mais avait-il toujours secrètement des tas d'aventures ? Comment pouvait-il le cacher à tout le monde ?

— Ça m'arrive de temps en temps. Avec discrétion.

De temps en temps ? Alors il ne jouait pas les séducteurs avec toutes les femmes qu'il rencontrait ? Elle fut étrangement soulagée.

— Elles durent longtemps ? Tu t'attaches à tes petites amies ?

Pouvait-elle être l'une d'entre elles pendant quelque temps ?

— J'ai confiance en elles, dans la mesure où je suis capable d'accorder ma confiance.

Elle déglutit péniblement.

— L'expérience m'a appris que dans ce domaine tes capacités sont très limitées.

Et la confiance était très différente de l'affection.

— Pourquoi ? demanda-t-elle alors qu'il restait silencieux. Quelle femme t'a trahi ?

— C'est compliqué pour moi d'avoir une relation sans que tout le monde soit au courant, éluda-t-il.

— De toute façon, les sentiments ne comptent pas, n'est-ce pas ? comprit-elle tout à coup. Un jour tu feras un mariage arrangé avec une princesse d'un autre pays européen.

Il plongea son regard dans le sien.

— Oui.

Après une hésitation, il ajouta :

— Si nous avons une aventure, cela ne risque-t-il pas d'être embarrassant dans l'avenir ?

Allait-il accepter d'en avoir une ? Elle inspira profondément.

— Embarrassant dans quel sens ?

— Aux réunions de famille.

— Quelles réunions de famille ?

Elle laissa échapper un petit rire nerveux.

— Je ne fais pas vraiment partie de la famille. Je ne viendrai pas au palais pour Noël.

— Que fais-tu d'habitude à Noël ?

— Je suis de garde.

— Bien sûr.

— Je ne suis pas un ange pour autant.

— Non ?

— Bien sûr que non. Je suis aussi humaine que toi.

— Mais nous savons tous les deux que je suis au-dessus du lot. Sinon, pourquoi me demanderais-tu de t'initier aux plaisirs de la chair ? demanda-t-il d'un ton malicieux.

— Ne te moque pas.

— Alors explique-moi comment tu envisages cette aventure ? Tu ne crois pas que tu risques de souffrir ?

Oh ! il considérait qu'elle risquait de souffrir mais pas lui ? Elle réprima une moue de dérision.

— Je ne souffrirai pas parce que tu ne *peux* pas me faire souffrir. Ça ne durerait que quelques jours. Le temps de mon séjour ici. Si ça durait plus longtemps nous pourrions être surpris. Or tu ne prendras pas ce risque. Il ne sera jamais question de mariage ni même d'amour entre nous. Je le sais, donc je ne risque pas d'être déçue.

— Et tu es sûre que tu ne vas pas tomber amoureuse de moi ?

— Je n'aurai pas le temps.

— Parce que tu crois que l'amour ne vient qu'avec le temps ? Et le coup de foudre, ça n'existe pas ?

— Le coup de foudre c'est juste du désir. L'amour, il lui faut plus de temps pour se développer.

— Je suis ravi que tu sois aussi experte en la matière. Tu viens d'apaiser toutes mes inquiétudes.

Elle sentit ses joues s'enflammer.

— Ne sois pas taquin.

Il n'y avait aucun danger qu'elle tombe amoureuse de lui. Elle voulait juste « guérir ». Éprouver du désir, faire l'amour. Avoir du plaisir. Si elle y arrivait avec lui, elle y arriverait à l'avenir avec quelqu'un d'autre… Cette pensée était rebutante, constata-t-elle aussitôt. Mais c'était justement pour ça que cette aventure s'imposait. Si par la suite aucun autre homme ne lui inspirait du désir, elle aurait au moins vécu cette expérience avec lui.

— Ne prétends pas que tu n'as pas tout fait pour me tenter. C'est ce que tu veux toi aussi.

— D'accord, je ne vais pas te mentir. J'ai envie de toi. C'est particulièrement électrique entre nous. Peut-être en partie parce que c'est inapproprié. Mais c'est avant tout parce que tu es incroyablement belle et que tu me fais grincer des dents à chaque fois que tu ouvres la bouche. Et c'est vrai que j'ai tout fait pour te tenter. Je voulais que ce soit toi qui prennes l'initiative.

Elle fut submergée par un vif soulagement.

— Alors qu'est-ce que tu attends ?

Il écarquilla les yeux.

— Tu penses que je vais te renverser sur un lit tout de suite ?

— Pourquoi pas ?

N'avait-elle pas déjà attendu toute sa vie ? C'était la première fois qu'elle désirait un homme et elle avait enfin l'occasion de se sentir normale, de découvrir les joies du sexe. D'éprouver de nouveau le plaisir qu'elle avait eu hier. Pourquoi attendre ?

Giorgos pouffa, mais très vite il redevint sérieux.

— Kassie, tu as tout pour rendre un homme fou de désir.

— Ne te moque pas de moi.

— Je ne me moque pas du tout de toi.

Il lui prit le visage à deux mains et plongea son regard dans le sien.

— Tu n'as jamais connu la montée du désir, l'excitation que provoque l'attente.

— J'ai déjà assez attendu comme ça. Pour moi c'est une première et je veux justement que ça devienne quelque chose de *normal*, comme ça l'est pour tout le monde.

Il soupira.

— Si tu me fais assez confiance pour m'avoir choisi, alors fais-moi confiance jusqu'au bout et laisse-moi décider de la manière dont ça doit se passer.

Un frisson délicieux la parcourut.

— Tu vas de nouveau jouer les despotes ?

— Qu'est-ce que tu t'imaginais ? Chassez le naturel, il revient au galop. C'est moi qui commande depuis presque toujours. Donne-moi carte blanche. Je ne te décevrai pas. Et puis il faut au moins que tu prennes ton petit déjeuner. Tu dois avoir faim… de nourriture, ajouta-t-il, le regard pétillant de malice. Allez, viens.

Il la conduisit jusqu'à un petit patio où l'attendait un plateau d'argent chargé de fruits et de pâtisseries qui lui mirent l'eau à la bouche.

— Commençons par ça, dit-il en levant l'index. Presse ton doigt contre le mien.

Elle s'exécuta.

— Maintenant regarde-moi.

Comment pouvait-elle être aussi excitée par un contact aussi inoffensif ? Parcourue de longs frissons, elle était incapable de détacher son regard de celui des yeux émeraude.

— C'est…

— Intime. Ça va être *très* intime, Kassie. N'essaie pas de te raconter le contraire.

Elle fut soudain tentée de retirer son doigt. Il le sentit et lui sourit.

— C'est pour ça que nous allons prendre notre temps et commencer par le plaisir simple de nous tenir par la main.

Il joignit sa main à la sienne et elle fut de nouveau envahie par une chaleur délicieuse.

— Je n'ai pas douze ans, marmonna-t-elle pour la forme en prenant un gâteau de sa main libre.

— Heureusement ! s'exclama-t-il en riant. Si tu as envie de manger quelque chose de particulier, il suffit de le demander. Tu peux nager dans la piscine. Prendre un livre dans la bibliothèque.

Il jeta un coup d'œil à sa montre.

— Il faut que j'y aille. J'ai une réunion et je ne veux pas être en retard.

Il regarda leurs mains jointes, puis il retira la sienne.

— Nous dînerons ici ce soir.

— Tu n'as pas besoin de me faire la cour. J'ai déjà dit oui. D'ailleurs, c'est moi qui ai fait la demande.

— Je n'ai pas besoin de te faire la cour ? Tu veux juste vlan, paf, et c'est tout ?

— Je n'ai jamais éprouvé de désir comme les gens normaux…

Elle s'interrompit et le foudroya du regard.

— Pourquoi ris-tu encore ?

— Qu'est-ce qui te fait penser que ce niveau de désir est normal ?

Elle *voulait* penser qu'il était parfaitement normal…

— Il n'y a rien de spécial dans tout ça.

— Si j'ai appris une chose de ma folle jeunesse c'est qu'il vaut sans doute mieux que ce soit spécial. Surtout la première fois.

Elle secoua la tête avec obstination.

— La première fois, Kassie, insista-t-il. Je ne parle pas d'avenir. Je parle de l'instant présent. Nous allons faire en sorte que ce soit spécial, maintenant. D'accord ?

Giorgos avait demandé à son chauffeur de ne pas rouler trop vite afin de pouvoir préparer correctement sa réunion, mais il ne parvenait pas à chasser Kassie de son esprit. Il y avait des années qu'il n'avait pas fait une telle confiance à une femme. Jamais il n'amenait ses maîtresses chez lui. Il se contentait de leur donner des rendez-vous clandestins dans la maison qu'il possédait en ville et qui était réservée exclusivement à cet usage.

Il n'avait pas envie d'y emmener Kassie. Mais Kassie n'était pas comme les autres femmes. Kassie était juste… Kassie. Et elle le regardait avec un mélange d'innocence et de désir qui menaçait de lui faire perdre la tête. Il savait qu'il ne devrait pas la toucher. Il devrait l'envoyer ailleurs. Il pourrait très bien lui trouver un endroit sûr loin de lui. Mais il était incapable de résister à l'envie de la garder tout près de lui. Il en avait assez du sentiment de culpabilité et du sens du devoir qui allaient l'écraser toute sa vie. Il avait envie de se sentir bien. Aider Kassie l'aidait lui-même à se sentir mieux.

Menteur.

Il eut une moue de dérision. En réalité, il était d'un égoïsme diabolique. Il voulait quelque chose qu'il ne méritait pas. Mais ne pouvait-il pas se l'accorder pour une fois ? Juste cette fois ? Depuis plus de dix ans, il avait un comportement exemplaire. Pas une fois il n'avait franchi la ligne blanche. Il avait toujours fait preuve d'une discrétion et d'un sang-froid irréprochables.

Jusqu'à Kassie. Deux minutes après l'avoir rencontrée, il avait franchi la ligne. Mais leur attirance mutuelle était incroyablement forte. Il n'aurait pas dû accéder à sa demande, mais il semblait judicieux pour elle comme pour lui d'assouvir ce désir pour s'en débarrasser. L'ignorer ne ferait qu'aggraver les choses et il passerait le reste de sa vie à se demander « Et si ? »

Il avait déjà assez de regrets. Et il voulait vraiment l'aider. Elle se sentait anormale et elle voulait découvrir les joies du sexe. Il la comprenait et il n'avait qu'une envie. Voir ses traits s'altérer et l'entendre crier de plaisir. Elle le méritait. L'honnêteté et le courage avec lesquels elle lui avait demandé de l'initier au sexe l'avaient profondément impressionné.

Giorgos tenta de nouveau de se concentrer sur la préparation de la réunion. En vain. La tentation de la prendre au mot et de se jeter sur elle sans attendre avait été très forte… Mais il avait voulu se prouver qu'il était capable de garder son sang-froid. Et surtout, il avait voulu lui laisser le temps de réfléchir.

Si elle ne changeait pas d'avis, ils vivraient cette parenthèse sensuelle. Il prendrait tout son temps. Pour savourer chaque seconde et s'assurer qu'elle en faisait autant… Transpercé par une flèche de désir, Giorgos serra les dents.

Il ne rentra qu'à la tombée de la nuit, plutôt content de sa journée. Il avait réussi à rester concentré pendant la réunion. Une nouvelle fois il avait prouvé qu'il était capable de rester maître de la situation malgré l'effet que lui faisait Kassie.

Il la trouva dans son bureau, confortablement installée sur le canapé. Le canapé sur lequel il lui avait fait découvrir le plaisir…

— Comment ça s'est passé ? demanda-t-elle.

Il ne comprit pas tout de suite de quoi elle parlait. Il était trop occupé à la dévorer des yeux. Le regard brillant, un sourire désarmant aux lèvres, elle était plus désirable que jamais. Était-ce à sa réunion qu'elle faisait allusion ?

— Bien, répondit-il.

— Ils ne t'ont pas posé trop de problèmes ?

Apparemment, elle voulait vraiment savoir. Personne ne lui demandait jamais comment s'était passée sa journée. Parce que personne ne l'attendait quand il rentrait…

— Des problèmes ? Ils n'oseraient pas. La plupart des personnes présentes aujourd'hui savent tenir leur langue.

Pourquoi était-il aussi touché par l'intérêt de Kassie ? se demanda-t-il avec perplexité.

— Parce qu'ils ont peur de toi ?

— J'espère que non. Je pense qu'ils savent juste que c'est inutile. Nous avons du travail, des tâches importantes à accomplir. Nous n'avons pas de temps à perdre en discussions.

— Le travail c'est important, mais faire des pauses l'est tout autant. C'est toi-même qui me l'as dit. Peut-être que c'est le moment de faire une pause.

Charmé par ce mélange de taquinerie et de sollicitude, il demanda :

— Et toi ? Tu as passé une bonne journée ?

— Oui.

— Qu'as-tu fait ?

— J'ai nagé. J'ai dévalisé ta bibliothèque. J'ai regardé un film, énuméra-t-elle en comptant sur ses doigts.

Il se surprit à avoir envie d'en savoir plus. Avait-elle

réellement passé une bonne journée ? Il s'assit sur l'accoudoir du canapé et enleva sa cravate.

— Un film ? Quel genre de films préfères-tu ?

— J'aime bien qu'il y ait de l'action, répliqua-t-elle d'un air entendu.

Il lui lança un regard pénétrant.

— Tu aimes ça au cinéma et tu en veux aussi dans la réalité, c'est ça ?

— Tu ne crois pas que tu m'as fait attendre assez longtemps ?

Elle se pencha vers lui et murmura, les joues en feu :

— Se tenir par la main c'est bien, mais je suis prête à passer à l'étape suivante.

Il lui prit la main et reçut une décharge.

— Vraiment ? Et si moi je ne le suis pas ?

— Tu as de l'expérience. Pourquoi aurais-tu besoin de prolonger l'attente ? Nous n'avons pas beaucoup de temps.

— Et tu veux en profiter au maximum ?

— Ça t'étonne ?

Il déglutit péniblement. Elle le tuait... Elle était si adorable, si impatiente, et si inexpérimentée... Il lâcha sa main pour libérer ses cheveux de l'élastique qui retenait sa tresse.

— Il faut que je te prépare progressivement Kassie. Nous n'allons pas aller jusqu'au bout ce soir.

Elle eut une moue dépitée.

— Pourquoi ?

Parce qu'il l'avait décidé. C'était mieux pour elle, et pour lui ce serait une nouvelle occasion de prouver son sang-froid.

— Il y a d'autres façons de prendre du plaisir avant d'aller jusqu'au bout, dit-il en faisant glisser ses mains le long de ses bras.

Les yeux chocolat fixés sur lui s'écarquillèrent, attisant son désir.

— Laisse-moi te montrer.

Il en rêvait depuis des jours. Embrasser chaque parcelle de son corps voluptueux… Il se força à prendre son temps. À rester maître de lui-même malgré les soupirs et les gémissements étouffés qu'il déclenchait. Lorsqu'il finit par la débarrasser de sa culotte, il vit dans son regard un certain embarras mais aussi de la détermination. Et de la confiance.

Il se jura de l'aider à vaincre ses derniers réflexes de défense. Lui donner du plaisir semblait tout à coup la mission la plus importante de sa vie.

— Ne t'inquiète pas, Kassie. Je ne te ferai pas mal. Tu peux tout me laisser faire.

Elle poussa un petit soupir à peine audible et ses cuisses s'écartèrent. Il goûta du bout de la langue la fleur de sa féminité. Il approfondit peu à peu ses caresses, suçant le bourgeon gorgé de désir. Elle creusa les reins en étouffant un cri.

— Il n'y a personne d'autre que moi qui puisse t'entendre, murmura-t-il. Tu peux te laisser aller.

À sa grande satisfaction, elle suivit ce conseil.

— Kassie, regarde-moi.

Haletante, elle ouvrit les yeux et rencontra le regard de Giorgos. Encore parcourue d'ondes de plaisir, elle baignait dans une euphorie exquise. Un sourire étira ses lèvres, puis se transforma en petit rire joyeux. Giorgos écarta une mèche de son visage.

— Ce n'était pas si mal ?

Il la serrait contre lui et sa voix était douce. Pour une fois — juste cette fois — son attitude protectrice était très agréable… Mais de nouveau, elle était la seule à avoir été comblée, songea-t-elle soudain.

— Et toi ? Est-ce que tes… partenaires te… te rendent la pareille ?

— Je n'attends pas ça de toi.

Pas question qu'il la traite de manière différente de ses autres « partenaires » ! Elle se redressa et prit conscience que le roi était à genoux par terre devant elle.

— Et si moi je veux ?

Une lueur dansa dans les yeux émeraude. Il secoua lentement la tête.

— Considère que ça fait partie de mon initiation, insista-t-elle. Je suis curieuse. Je veux voir comment ça marche pour toi.

Elle voulait voir l'effet que lui faisait le plaisir. Elle voulait tout savoir de ses réactions. À la fois embarrassée et irritée par son refus, elle déclara avec feu :

— Je veux tout expérimenter. Je ne veux pas que tu te sacrifies pour moi. Que tu te préoccupes uniquement de mon plaisir, comme si ça faisait de toi quelqu'un de meilleur. Comme si tu avais décidé de faire une bonne action en aidant une pauvre fille frigide à atteindre le plaisir. Je veux que tu aies vraiment envie de moi. Et que tu prennes autant de plaisir que moi.

— Kassie…

— Je t'ai déjà dit que je n'avais rien à perdre, coupa-t-elle. J'ai envie de toi et je veux vivre cette expérience à fond. Si tu n'es pas dans les mêmes dispositions, alors on arrête tout. Je ne veux pas de ta charité.

Il réagit si rapidement qu'elle eut le souffle coupé. Se redressant d'un bond, il la renversa en arrière sur le canapé et plaqua son bassin contre le sien.

— Est-ce que tu as l'impression que je n'ai pas envie de toi ?

Au contact de sa virilité pleinement éveillée, elle sentit tout son corps s'embraser. S'agrippant à ses hanches alors qu'il se redressait, elle glissa du canapé et se retrouva assise par terre, tandis qu'il était à genoux devant elle. Elle entendit un juron étouffé.

— Apprends-moi, plaida-t-elle. Qu'as-tu envie que je fasse ? De quelle façon puis-je te donner du plaisir ?

— Rien qu'en me regardant comme ça tu atteins presque ton but. Embrasse-moi. Touche-moi. Je meurs d'envie que tu me touches.

Avec des doigts tremblants, elle entreprit de déboucler

sa ceinture et d'ouvrir sa braguette. Riant et jurant à la fois, il l'aida et bientôt sa virilité fut libérée. Impressionnée, elle s'humecta les lèvres.

— Touche-moi, intima-t-il d'une voix rauque.

Elle s'exécuta. D'abord très doucement, puis de manière plus appuyée. D'abord avec une main, puis deux, puis avec la langue. Avait-elle vraiment le pouvoir de faire trembler et gémir un homme aussi fort et aussi puissant ? Grisée, elle s'enhardit. Elle referma la bouche sur sa virilité, la suçant et la caressant avec une ardeur et une délectation grandissantes.

— Arrête, Kassie.

Les doigts de Giorgos s'enfoncèrent dans ses épaules.

— Stop.

— Pourquoi ? demanda-t-elle avec dépit. Je m'y prends mal ?

— Non.

— Mais tu n'as pas…

— Pas la première fois.

— Je n'ai pas peur. Je veux…

— Kassie.

Il la hissa sur le canapé et plongea son regard dans le sien.

— Je sais ce que tu veux et tu l'auras. Mais moi aussi j'ai mes envies. Et je ne veux pas prendre mon plaisir avant d'être en toi. Je veux me perdre en toi. Au plus profond de toi.

Il appuya son front contre le sien.

— Kassie ?

— D'accord.

Elle aussi elle avait envie de ça. Jamais elle n'avait eu autant envie de quelque chose.

— Mais pas ce soir. Rappelle-toi, je t'ai dit que nous n'irions pas jusqu'au bout ce soir. Ça suffit pour l'instant.

— Non !

— Pas ce soir, Kassie.

Elle se leva, le cœur serré.

— Tu crois que je vais changer d'avis.

Il se leva à son tour et la saisit par le poignet.

— Je te donne une chance de le faire. Une dernière chance.

— Je ne changerai pas d'avis. Et je n'ai pas besoin que tu me protèges.

— Peut-être que c'est moi que je protège, dit-il en la lâchant et en s'éloignant.

Elle secoua la tête. Ce n'était pas vrai. Mais pour cette fois elle lui pardonnait. Après tout, elle savait qu'il finirait par lui donner ce qu'elle voulait. Et à en juger par sa respiration hachée, cette situation n'était pas facile pour lui. Regretterait-il qu'elle n'insiste pas davantage ? Il était tentant de le mettre à l'épreuve… Elle le rejoignit d'un pas nonchalant. Il resta immobile tandis qu'elle l'embrassait avec fougue. Puis tout à coup, visiblement à bout de nerfs, il s'arracha à sa bouche avec un grognement étouffé.

— Va dans ta chambre. Et verrouille ta porte.

— Et si je ne le fais pas ? demanda-t-elle avec un sourire enjôleur. Tu m'attacheras au lit ?

À sa grande satisfaction il revint vers elle, lui saisit les poignets, lui immobilisa les bras dans le dos et la plaqua contre lui. Puis il s'empara de sa bouche dans un baiser impérieux qui attisa le feu qui la consumait.

— Va te coucher, Kassie, gronda-t-il en la lâchant.

Il se dirigea vers la porte, l'ouvrit et attendit qu'elle sorte.

— Maintenant.

— Pourquoi faut-il que tu sois aussi autoritaire, marmonna-t-elle en passant devant lui. Tu sais bien que je ne suis pas une menace pour toi.

6.

Elle était une menace redoutable. Giorgos avait besoin de se prouver qu'il n'avait pas totalement perdu le contrôle de la situation. Mais à l'aube il ne dormait toujours pas. À quoi bon se mentir ? Il ne contrôlait absolument plus *rien*. Et il en était réduit à fantasmer sur les différentes façons dont il allait la combler, imaginant chaque scénario dans les moindres détails et se mettant au supplice.

Ce qu'elle lui avait demandé était si personnel… Il ne voulait pas abuser de ce privilège. Il fallait penser à elle d'abord. *Espèce d'hypocrite* ! Il rejeta les couvertures d'un mouvement rageur et se leva pour prendre un verre d'eau. Comme s'il lui faisait une faveur ! Il avait envie d'elle depuis le début et il l'avait manipulée pour qu'elle vienne ici. Pour qu'elle reste. Pour qu'elle lui demande de l'initier au sexe. Il avait tout fait pour qu'elle lui tombe dans les bras. Il l'avait pour ainsi dire kidnappée ! La « pause » qu'il lui avait imposée ce soir n'était rien d'autre qu'une tentative pitoyable d'apaiser sa conscience…

Mais cette pause lui laissait quand même un peu de temps pour s'assurer qu'elle ne regrettait pas sa décision. Nul doute qu'elle aurait les idées plus claires une fois le jour levé. Alors il pouvait bien endurer une nuit d'insomnie… C'était la moindre des choses.

*
* *

Kassie se réveilla de nouveau tard dans la matinée. Mais elle ne se sentait pas aussi reposée que la veille. Elle était fiévreuse. Frustrée. Elle n'avait qu'une envie. Aller trouver Giorgos et le provoquer pour qu'ils finissent enfin ce qu'ils avaient commencé. Mais comment ? Nul doute qu'il était déjà au travail et qu'elle allait devoir encore patienter pendant une journée interminable… Elle se leva, prit une fraise sur le plateau du petit déjeuner qui avait été déposé dans son salon, et enfila le deux-pièces blanc qu'elle avait trouvé parmi d'autres dans le vestiaire de la piscine. C'était le seul assez décent pour couvrir ses rondeurs.

En arrivant dans la grotte abritant la piscine, elle découvrit que Giorgos n'était pas en train de travailler. Il faisait des longueurs. Son crawl était puissant, et si elle n'était pas victime d'une hallucination il nageait nu. Submergée par une vague de désir, elle s'adossa au mur les jambes tremblantes.

Il ralentit, puis leva la tête vers elle.

— Tu ne travailles pas.

— J'essaie de me calmer.

— Tu es en colère ?

— Non, pas en colère.

— Tu as mal dormi ?

Les yeux émeraude lancèrent des éclairs.

— Viens dans l'eau avec moi.

Électrisée, elle secoua la tête. Elle en mourait d'envie, mais elle n'était pas sûre de pouvoir tenir sur ses jambes sans l'appui du mur.

Il nagea dans sa direction.

— Si la montagne ne vient pas à Mahomet, Mahomet doit aller la montagne.

Il se hissa sur le bord d'un mouvement puissant. Comme elle le soupçonnait, il était nu. Ce qu'elle n'avait pas vu c'était qu'il était excité. Terriblement excité… Elle resta sans voix, fascinée par le spectacle de ce corps puissant à la virilité triomphante. Une virilité qu'elle avait caressée, embrassée… Prise d'une irrésistible envie de recommencer, elle vacilla sur ses jambes malgré le mur dans son dos. Visiblement conscient de son trouble, il eut un sourire amusé.

— Le spectacle que j'offre te fait peur ?

— Je ne pense pas que « peur » soit le mot juste, répliqua-t-elle d'une voix étranglée.

D'un geste nonchalant, il prit une des serviettes posées sur une table voisine.

— Quel est le mot juste ?

— Saisissement.

Il noua la serviette sur ses hanches.

— Trouble-fête, murmura-t-elle.

Il fit un pas vers elle.

— Tu as bien dormi ?

Déglutissant péniblement, elle hocha la tête.

— Et maintenant nous avons toute la journée devant nous.

Il posa la main sur sa joue.

— Non.

— Pourquoi ? demanda-t-elle, électrisée par le contact de ses doigts.

Il ne répondit pas. Il avait les yeux fixés sur sa bouche. Comme s'il ne voyait rien d'autre… Il l'embrassa et elle sentit tout son corps s'embraser. Parcourue de tremblements, elle lui répondit avec ardeur. Et soudain, sa bouche et ses mains furent partout sur elle. Il écarta son haut de maillot pour embrasser ses seins. Sa ferveur était si manifeste qu'elle éprouva une fierté immense. Elle n'avait jamais aimé son corps comme aujourd'hui… Tout en suçant goulûment un bourgeon hérissé, il glissa la main dans la culotte de son maillot. Elle creusa les reins en gémissant pour mieux s'offrir à ses caresses.

Après lui avoir lancé un regard approbateur, il l'embrassa de nouveau avec fougue. Tandis que sa bouche dévorait la sienne, ses doigts approfondissaient leur exploration. Lorsque l'un d'eux s'enfonça dans le cœur de sa féminité, elle se raidit instinctivement. Mais très vite elle s'abandonna aux sensations nouvelles qui l'assaillaient.

— Oui…, murmura-t-il entre deux baisers tandis qu'elle ondulait des hanches en gémissant. Tu es brûlante…

Le rythme de ses caresses s'accéléra peu à peu. Elle avait envie de se laisser glisser par terre avec lui, de sentir son poids sur elle, de l'accueillir en elle… Mais c'était trop tard. Avec un cri aigu elle s'envola vers les étoiles.

— Combien de fois vas-tu me faire perdre tout contrôle avant de me donner ce que je veux ? murmura-t-elle en s'affaissant contre lui, les yeux fermés.

— Des dizaines, répliqua-t-il en refermant les bras sur elle. Des dizaines et des dizaines. Tu mérites de vivre ça tous les jours. Et tu as de moins en moins de défenses. Tu t'abandonnes plus facilement. Tu as moins peur.

— Je n'ai pas peur du tout.

— Alors tu es presque prête.

— Je suis prête.

— Eh bien, l'attente rendra le plaisir encore plus intense.

— Mais…

— J'ai trouvé un événement auquel tu peux m'accompagner.

— Un événement ? répéta-t-elle, atterrée. Aujourd'hui ? Après une expérience aussi dévastatrice ? Comment pourrait-elle être en état d'apparaître en public ?

Un sourire amusé étira les lèvres de Giorgos.

— Une conseillère en image va arriver bientôt. Elle aura une sélection de tenues à te proposer, et elle pourra te coiffer et te maquiller. Tu vas avoir la nouvelle garde-robe dont tu rêvais.

Une conseillère en image ? Elle se hérissa. Si elle avait dit qu'elle voulait une nouvelle garde-robe, c'était juste pour le contredire. Et, à en juger par son regard malicieux, il le savait.

— Bien sûr, tu peux mettre ta tenue médicale ou bien le jean usé que tu portais hier. Mais le monde va te juger. Il y aura des articles dans la presse qui analyseront ta tenue dans ses moindres détails.

— Personne ne s'intéressera à ma tenue. Je ne suis que la demi-sœur de Damon.

— La presse s'intéresse à toutes les femmes qui se trouvent à moins d'un mètre de moi, affirma-t-il avec son arrogance coutumière.

Elle roula les yeux.

— Parce que ce qui les intéresse c'est surtout toi ?

— Sincèrement ? À mon avis tu ne vas pas tarder à découvrir la fascination que tu exerces sur les gens.

Elle secoua la tête avec une moue incrédule, mais il lui prit le menton.

— Admirer tout ce qui est d'une beauté hors du commun est dans la nature humaine, Kassie. Tu sais que tu attires l'attention des hommes et des femmes, jeunes ou vieux. Que tu portes un sac ou un string, tous les regards seront braqués sur toi.

Il la trouvait d'une beauté hors du commun ? Elle sentit son cœur se gonfler de joie. De la part de Giorgos c'était un compliment exquis. Mais seulement de sa part…

— Je vais être vue comme un objet sexuel. À cause de ma silhouette. Comme ma mère avant moi.

— Tout le monde te voit comme ça au début, n'est-ce pas ? C'est pour ça que tu travailles avec acharnement. Tu veux prouver que tu es plus que ça. Alors que tu ne devrais pas avoir besoin de le prouver. Tout le monde devrait en être conscient.

Elle fut agréablement surprise par sa perspicacité. Mais s'il la comprenait c'était parce qu'il avait le même problème…

— Toi aussi. Tu travailles avec acharnement pour prouver que tu es à la hauteur de ton titre de roi.

Mais quand on côtoyait l'homme en dehors de son

rôle officiel, on comprenait qu'il gardait secrète une part de lui-même.

— J'ai beaucoup plus de choses à prouver que toi, et pour des raisons beaucoup moins nobles qu'un physique agréable, rétorqua-t-il d'un ton pince-sans-rire.

— Un physique *outrageusement* agréable.

Elle pouffa, prenant conscience d'une évidence. Une des choses qu'il occultait en public c'était son sens de l'humour.

— On me voit comme un objet sexuel à cause de mon titre, de ma fortune, de mon pouvoir.

— Même sans ton titre, ta fortune et ton pouvoir, tout le monde te considérerait comme un objet sexuel. La vue d'un corps athlétique a tendance à ramollir les cerveaux.

— Parce que les êtres humains ne peuvent s'empêcher d'admirer les belles choses, approuva-t-il en pouffant à son tour. J'ignore l'opinion des gens. Tu peux en faire autant.

— Tu dis ça mais tu veux que je me mette sur mon trente et un pour eux.

— Je veux que tu te sentes à l'aise. Mais la robe haute couture et les couches de fond de teint ne sont pas obligatoires si tu n'en as pas envie. Fais ce que tu veux.

Et si elle choisissait une tenue extravagante, juste pour les choquer, lui et le reste du monde ? Cette idée était tentante, mais mieux valait y renoncer, décida-t-elle aussitôt.

— De toute façon, pour moi ça ne fait pas de différence, ajouta-t-il avec un regard malicieux. Quoi qu'il arrive, ce soir tu seras nue dans mon lit.

— Tu plaisantes ? Ça fait une énorme différence pour toi. C'est toi qui attaches une importance excessive aux apparences. Pas moi.

— Tu crois ?

— Je le *sais*. Tout dans ta façon d'assumer ton rôle est parfait, digne et conforme à la tradition.

— Oh ! non. Tout est loin d'être parfait.

— Vraiment ? Quelles sont donc toutes ces choses que tu as à prouver, selon toi ? Et quelles sont ces raisons beaucoup moins nobles qu'un physique agréable ?

— Trop moche, répondit-il avec une lueur malicieuse dans les yeux.

— Je ne te crois pas.

— Pourquoi ?

Toute trace de malice disparut du regard de Giorgos.

— Quand t'ai-je menti ?

Au lieu de répondre, elle le fixa en silence dans l'attente d'explications.

— Trop moche, répéta-t-il sérieusement. Ne me pose plus la question.

— Pourquoi ne veux-tu pas me le dire ? Tu peux me parler sans craindre de me rebuter. De toute façon je vais me jeter dans ton lit dès que tu me feras signe et tu le sais très bien.

Il s'esclaffa.

— Tu veux que je te parle ? Tu insinues que je peux te faire confiance ?

— Pourquoi en douterais-tu ? rétorqua-t-elle, stupidement blessée par son rire.

— Je ne fais confiance à personne. Ça n'a rien de personnel. Je n'ai même pas fait confiance à ma sœur pour le choix de sa vie. Résultat, elle est partie avec Damon.

— Mais elle sait que tu l'aimes et elle t'aime. Et en n'empêchant pas leur mariage tu as prouvé que tu essayais de lui faire confiance. Alors pourquoi ne pourrais-tu pas essayer avec moi ?

Il soupira.

— Kassie, le fait que tu sois ici, chez moi, c'est une preuve de confiance de ma part. Mais ce n'est pas parce que nous avons des relations sexuelles que je dois te confier tous mes tourments passés.

Il y avait donc bien eu des tourments passés… Elle s'en doutait.

— Parfois, le simple fait de parler peut aider, dit-elle d'une voix douce.

— C'est inutile.

— Tu préfères continuer à accomplir consciencieusement les tâches inscrites sur ta liste interminable de choses à faire ?

— En effet.

— Et « Débarrasser Kassie de sa virginité » fait partie de cette liste ?

— Oui. Kassie, il faut que tu ailles te préparer. Dans deux heures nous assistons à l'inauguration d'une sculpture, qui marquera ta reconnaissance officielle et publique comme nouveau membre de la famille royale Palisades. Rendez-vous dans dix minutes dans mon bureau pour que je te présente à la conseillère en image.

Elle regagna sa chambre précipitamment, impatiente de prendre une douche froide. Puis elle enfila un jean et un T-shirt et se prépara à ravaler sa fierté en acceptant d'utiliser les services d'une conseillère en image. Toute sa vie, elle avait choisi ses tenues avec l'intention d'éviter le regard des hommes. Mais cette fois… Cette fois elle voulait qu'*il* la remarque.

La conseillère attendait dans le bureau en compagnie de Giorgos quand elle y entra un quart d'heure après avoir quitté la piscine.

— Je te présente Thea, dit-il. Elle va t'aider à te coiffer, te maquiller, t'habiller.

— J'espère que vous êtes une magicienne, dit-elle d'un ton qu'elle espérait léger. Je serais ravie que vous m'aidiez, surtout pour mes cheveux. Ils sont tellement épais…

— Ils n'ont pas besoin d'être coupés, l'interrompit Giorgos d'un ton brusque.

— D'accord, eh bien…

Kassie se mordit l'intérieur de la joue. Pas question de rougir.

— Thea et moi nous devrions peut-être aller ailleurs. Où nous ne risquerions pas de te déranger.

Giorgos darda sur elle un regard noir. Elle le soutint, menton relevé. S'il s'imaginait qu'elle allait le laisser se mêler d'une affaire aussi personnelle, il allait être très déçu ! Ils s'affrontèrent silencieusement pendant quelques secondes de trop. Puis il hocha brièvement la tête avant de reporter son attention sur les documents étalés sur son bureau.

Elle serra les dents. Il était décidément d'une arrogance insupportable !

— Si vous voulez bien me suivre, mademoiselle Marron.

La voix de Thea la fit tressaillir. Elle avait presque oublié la présence de la conseillère ! Elle la suivit jusqu'à une suite où attendaient des valises et des sacs de vêtements.

— J'ai apporté un choix de tenues dans différentes tailles, déclara Thea. Je ne savais pas… Vous n'êtes pas aussi grande que la princesse.

— Non.

Pas aussi svelte. Et même pas blonde.

— Beaucoup plus petite. Et avec plus de rondeurs.

Thea hocha la tête.

— En effet. Et je sais exactement comment nous allons mettre en valeur ces atouts.

Kassie fut assaillie par une bouffée de panique. Elle s'était toujours bien gardée de ne jamais rien mettre en valeur… Mais après tout, elle avait décidé de surprendre Giorgos, non ? Et puis la conseillère, d'une élégance irréprochable, semblait très professionnelle. Pour sa première apparition en public, elle allait lui concocter un look « parfaitement approprié ». Sa carrière en dépendait. Kassie se détendit et jeta un coup d'œil curieux aux sacs de vêtements.

— Que me conseillez-vous ?

Deux heures plus tard, elle reprit la direction du

bureau de Giorgos. Il n'était pas assis à son bureau, mais debout devant la fenêtre, l'air pensif.

— Giorgos ?

Il se retourna. Vêtu d'un de ses costumes taillés sur mesure, il était sublime. Il l'étudia en silence et l'espace d'un instant elle fut tentée de faire demi-tour en courant.

— Mademoiselle Marron…

Il avança lentement vers elle.

— Vous êtes…

Il ne termina pas sa phrase. Une intense satisfaction la fit sourire.

— Je te laisse sans voix.

— Hum…

Il s'immobilisa devant elle. Beaucoup trop près pour qu'elle puisse continuer à respirer normalement.

— Mais il est vrai que la parole n'est pas ton fort.

— C'est faux.

— Tu te contentes de propos superficiels pour empêcher les gens de franchir les barrières que tu as érigées pour te protéger.

— Tu recommences avec ça ? Pourquoi veux-tu absolument tout savoir ? Tu es kinésithérapeute, pas psychiatre. Et je ne suis pas un de tes patients.

Pas faux, songea-t-elle.

— Tu veux des rapports intimes sans intimité ?

— Je te veux toi, c'est tout.

Le cœur battant, elle sentit une douce chaleur l'envahir. « Je te veux toi, c'est tout. » Comme c'était agréable à entendre… Quelle importance s'il ne voulait rien d'autre ?

— Message reçu, dit-elle en souriant. Et idem pour moi.

Le visage de Giorgos s'éclaira.

— Très bien. Tu es splendide. Tu vas éblouir tout le monde. Tu es sûre que tu as envie d'affronter les regards ?

— Je devrai les affronter de toute façon, quand je reprendrai ma vie normale. Au moins, ce soir, je serai avec toi, si bien qu'ils seront obligés de garder leurs distances.

— Il faut s'attendre à ce que ton apparition déclenche des commentaires, mais je te protégerai contre les critiques éventuelles.

— Je ne vois pas comment tu pourrais empêcher les médisances. Tu peux être sûr que je vais subir des attaques. La robe et le maquillage ne changent rien au fait que je ne suis pas issue du bon milieu… Et puis les journalistes vont sûrement évoquer ma mère…

— Que vont-ils dire à son sujet ?

— Qu'elle a été la maîtresse de John Gale pendant vingt ans. Une voleuse de mari qui n'a jamais vraiment atteint son objectif.

— Pourquoi l'a-t-elle attendu pendant si longtemps ?

— Parce qu'elle était faible.

Kassie haussa les épaules avec tristesse.

— Il fallait la voir quand il lui annonçait sa visite. Elle dansait, elle se pomponnait… Et puis il arrivait, il m'accordait quelques minutes d'attention, et ensuite ils disparaissaient dans sa chambre. Ils n'avaient pas une véritable relation. C'était toujours la même chose. Il débarquait, il couchait avec elle et il repartait. Et, bien sûr, après son départ elle retombait dans la déprime.

Les périodes d'abattement de sa mère étaient terribles. Mais elle finissait toujours par reprendre le dessus et elles recommençaient une vie assez joyeuse. Jusqu'à ce que son père rappelle…

— Et malgré tout, elle l'accueillait à bras ouverts la fois suivante. Elle s'obstinait à croire en lui malgré son attitude.

— Tu lui en veux.

— Je lui en veux de ne pas s'être battue pour obtenir ce qu'elle voulait. Quand elle est tombée malade elle ne s'est pas battue non plus.

Sa mère avait été passive toute sa vie. Elle s'était toujours contentée de peu. Jamais elle ne commettrait la même erreur…

— Alors toi tu as l'intention de te battre pour obtenir ce que tu veux ?

— N'est-ce pas ce que je fais ? rétorqua Kassie en relevant le menton. Je sais ce que je veux. Je sais ce que j'attends de ma vie professionnelle, de toi, et de cette soirée où je vais me montrer en public. Et je fais ce qu'il faut pour atteindre mes objectifs.

— Tant mieux. Avec un peu de chance, la presse ne va pas trop s'intéresser à ton passé. De nos jours, les enfants illégitimes ou élevés par un seul parent ne sont plus des cas isolés.

— Pourtant, les temps n'ont pas suffisamment changé pour que notre roi épouse une roturière, objecta-t-elle en souriant. Aujourd'hui encore il doit se trouver une princesse.

Il haussa les épaules.

— Certaines choses ne peuvent pas être changées.

— Et tu n'as pas envie de les changer. Tu n'as entrepris aucune réforme depuis la mort de ton père. Tu es tellement attaché à la tradition que tu ne penses même pas à ton propre avenir.

— Il est important d'honorer nos ancêtres, répliqua-t-il d'un ton crispé.

Elle avait touché un point sensible, comprit-elle.

— Tu devais beaucoup l'aimer.

— Je regrette de ne pas le lui avoir dit quand il était vivant.

— Quel âge… ?

— Dix-sept ans. J'avais dix-sept ans quand il est mort. J'avais dix-sept ans et j'étais stupide, ajouta-t-il d'un ton vif comme pour l'empêcher de poser d'autres questions.

Il se détourna.

— Il est l'heure d'y aller.

Giorgos se maudissait. Il y avait très longtemps qu'il n'avait pas commis une erreur aussi grave. Comment avait-il pu décider de laisser sa vie privée empiéter sur l'exercice de ses fonctions ? Venir ici accompagné de Kassie était de la folie. Il était incapable de se concentrer sur la cérémonie. Dans cette robe blanche de coupe sobre, à l'encolure et à la longueur très sages, elle était la sensualité incarnée. Son épaisse chevelure de jais ruisselait librement dans son dos et son maquillage était très discret. Ses lèvres pulpeuses avaient gardé leur rose naturel, imperceptiblement rehaussé, et son teint était lumineux.

Il mourait d'envie de l'embrasser. Et il ne pouvait s'empêcher de penser que la couleur de sa robe était particulièrement appropriée. Dire qu'il était le seul à l'avoir touchée, le seul à avoir éveillé son désir, à l'avoir fait crier de plaisir… Il n'avait qu'une hâte, retourner au Palais d'été pour lui enlever cette robe. Il avait attendu assez longtemps. Elle était prête. Et de son côté, il était trop impatient pour continuer à se maîtriser. Il la voulait. Maintenant.

Heureusement qu'il avait gardé assez de bon sens pour prévoir une cérémonie brève. Il allait dire quelques mots, dévoiler la sculpture, sourire et s'en aller. Kassie subirait les regards pendant une demi-heure, ou moins si c'était possible. Il fallait juste qu'il parvienne à se concentrer et à ignorer le trouble qu'elle provoquait en lui… Elle était d'une beauté éblouissante. Les invités devant lesquels ils passaient alors qu'ils marchaient vers l'entrée du jardin de la galerie restaient bouche bée, les yeux écarquillés. Sur les trottoirs la foule était plus nombreuse qu'à l'ordinaire. L'annonce du mariage d'Eleni avait piqué la curiosité du public. Et celle-ci était décuplée par la présence de la femme splendide qui l'accompagnait. Il n'aurait pas dû l'amener. Il n'aurait pas dû se servir d'elle. Il aurait dû la garder cachée.

Elle restait silencieuse, visiblement intimidée. Il aimerait tellement lui prendre la main pour la réconforter… Mais c'était impossible. Ce plan égoïste était en cours d'exécution et il était trop tard pour faire machine arrière. Il fallait à tout prix éviter de la toucher. Il fallait même s'abstenir de la regarder. Pas question que quelqu'un puisse soupçonner à quel point il avait envie d'elle.

Profondément déstabilisé, Giorgos eut le plus grand mal à se concentrer sur le bref discours qu'il avait préparé. Une fois la statue dévoilée, il présenta Kassie aux médias et au public.

— Mlle Marron a été obligée de quitter son domicile pour échapper à l'indiscrétion des journalistes qui campent devant chez elle, annonça-t-il sans masquer sa réprobation. C'est la raison pour laquelle elle est mon invitée pour quelques jours. C'est une simple citoyenne qui a droit au respect de la vie privée. Naturellement elle est enchantée pour son frère et la princesse Eleni, mais j'insiste pour que vous la laissiez en paix. Tous les parents de Damon sont les bienvenus au sein de la famille royale. À présent, si vous avez des questions c'est à moi qu'elles doivent être adressées.

— Où se trouve le prince Xander ? demanda un journaliste.

— Le prince Xander est retourné chez lui. C'est un gentleman et je tiens à préciser que je suis l'unique responsable de la période de désarroi qu'a traversée Eleni. Cependant elle m'a pardonné et notre famille regarde désormais vers l'avenir.

Eleni ne voulait pas qu'il soit catalogué de tyran, mais il se devait de reconnaître ses erreurs. D'autant plus que Kassie était à côté de lui et qu'elle attendait qu'il le fasse. Il le savait.

— Où se trouve la princesse Eleni ? demanda un autre journaliste. Quand rencontrerons-nous Damon ?

— La princesse Eleni et M. Gale sont partis en voyage de noces. Je ne le montre peut-être pas, mais je suis conscient qu'ils sont amoureux et je comprends leur besoin d'intimité.

La gorge étrangement nouée, Giorgos fut obligé

de s'interrompre. Il jeta un coup d'œil à Kassie, et le sourire qu'elle lui adressa fit naître en lui une émotion indicible. Il se força à détourner les yeux pour reprendre son discours.

— À tort ou à raison, j'ai toujours essayé de protéger ma sœur et je suis très heureux qu'elle ait trouvé le bonheur. C'est…

Il s'éclaircit la voix.

— C'est la seule chose que j'aie jamais souhaitée pour elle.

Kassie s'arracha à la contemplation de Giorgos pour promener son regard sur la foule. Après un bref silence, il y eut des murmures approbateurs qui se transformèrent bientôt en acclamations. Elle saisit quelques bribes de commentaires, provenant pour la plupart de femmes aux yeux brillants et au sourire ému.

— Il est incroyablement séduisant…

— Et si déterminé à protéger sa sœur…

À sa connaissance, c'était la première fois qu'il laissait apparaître l'homme sous le roi. Un homme vulnérable et sensible, bien loin du souverain plein de dignité mais distant. Et elle était aussi touchée par son discours que toutes les personnes présentes. Elle baissa les yeux dans l'espoir de cacher son émotion.

Quelques instants plus tard il dévoila la sculpture sous un tonnerre d'applaudissements. Le reste de la visite se déroula dans une sorte de brouillard à travers lequel elle distinguait vaguement des visages souriants. Les gens restaient à distance respectueuse mais elle avait conscience des regards scrutateurs. Peu importait ce que les gens pensaient d'elle. L'essentiel c'était qu'ils soutiennent leur roi. À chaque fois que quelqu'un lui demandait un commentaire, elle exprimait sa gratitude pour le roi Giorgos et la princesse Eleni.

Puis ce fut terminé. Un des assistants du roi l'escorta

jusqu'à la voiture, puis Giorgos s'installa à côté d'elle sur la banquette arrière. Sans un mot. Sans un regard. Et sans un geste. Très bien. Leur relation était un secret à garder précieusement. Mais alors que la voiture s'éloignait et que la foule disparaissait, il resta silencieux, le visage fermé, le regard tourné vers la vitre. Elle le considéra avec perplexité. Que lui arrivait-il ? Il devrait pourtant se réjouir de l'accueil réservé à son discours… Ce fut seulement lorsque la voiture eut franchi les grilles du Pavillon d'été qu'il tourna la tête vers elle et croisa son regard. Mais il ne dit pas un mot.

Elle sentit son cœur se serrer. Avait-il changé d'avis ? N'avait-il plus envie d'elle ? Elle le précéda dans la villa et se dirigea vers le salon qu'il appréciait. Lorsqu'ils furent arrivés dans la pièce, elle se tourna vers lui.

— Tu les as gagnés à ta cause. Complètement.

Il enleva sa veste et dénoua sa cravate avec des gestes brusques.

— J'ai trop parlé.

— Pas du tout.

Pourquoi pensait-il ça ? Il n'avait pas dit grand-chose, en réalité. Et ce qu'il avait dit avait été particulièrement touchant.

— Tu as été honnête avec eux.

Pas de réaction. De toute évidence, il était perturbé.

— Tu te sens vulnérable ? demanda-t-elle d'une voix douce.

Il la regarda d'un air morne et ne répondit pas.

— Ça arrive à tout le monde, commenta-t-elle.

— Je suis le roi.

Il s'éloigna d'elle.

— Je ne suis pas censé…

— Tu as le droit d'être humain. Quel problème cela pose-t-il au XXIe siècle de montrer son émotion ? Ça te rend plus proche des gens.

— Je n'ai pas besoin d'être proche des gens, répliqua-t-il d'un ton vif. J'ai juste besoin d'accomplir mon devoir.

— Et l'équilibre entre le travail et la vie ?

— Il n'y a pas de différence entre les deux. Mon travail, c'est ma vie.

— Pourquoi cette propension à te punir ? Quels péchés veux-tu racheter ?

— Laisse tomber, Kassie.

L'air furieux, il revint vers elle à grands pas.

— Tu n'es pas là pour t'occuper de ce qui ne te regarde pas. Tu es là pour *ça*.

7.

Les bras de Giorgos se refermèrent sur Kassie et il captura sa bouche avec une fougue qui lui coupa le souffle. La serrant contre lui à l'étouffer, il la renversa en arrière et redoubla d'ardeur comme si sa vie dépendait de ce baiser. Transportée, elle noua les bras sur sa nuque en gémissant et s'abandonna à ce tourbillon de pure passion.

Mais tout à coup il s'arracha à sa bouche en étouffant un juron. Il la lâcha et se passa la main sur le visage, en s'efforçant manifestement de reprendre le contrôle de lui-même. Pourquoi ? Elle n'avait aucune envie qu'il se ressaisisse…

— Pourquoi t'arrêtes-tu ?

Tout étourdie, elle s'agrippa à sa chemise pour l'empêcher de s'écarter d'elle.

— Je suis trop brutal…

Il laissa échapper un grognement de dépit, mais ses mains se refermèrent sur ses hanches comme si elles étaient mues par une volonté propre.

— Je suis désolé d'avoir disjoncté.

Désolé ? Elle aimait sa passion au contraire !

— Non, tu n'es pas trop brutal.

— Tu n'as pas l'habitude. À certains moments, hier soir et ce matin, j'ai failli… Je ne veux pas te faire de mal.

— J'ai aimé tes baisers, tes caresses… J'ai *tout* aimé. Je veux aller plus loin. Je sais que je risque d'avoir un peu mal… mais je suis sûre que ça vaut le coup.

Il expira longuement, puis il plongea son regard dans le sien. L'éclat de ses yeux attisa son désir. Il lui tendit la main et ils se dirigèrent vers sa chambre. C'était le milieu de l'après-midi si bien que celle-ci était inondée de lumière. La baie vitrée offrait une vue spectaculaire sur la mer et le ciel, qui se rejoignaient à l'horizon. Le grand lit semblait occuper tout l'espace. Un long frisson la parcourut. Elle avait tellement hâte de s'y allonger avec lui, peau contre peau…

Il s'immobilisa et ses yeux verts plongèrent de nouveau dans les siens. Ils restèrent un instant à se regarder en silence. L'électricité qui faisait vibrer l'air autour d'eux rendait les mots inutiles. Il tendit la main et trouva la fermeture Éclair de sa robe. Retenant son souffle, elle resta immobile tandis qu'il l'ouvrait et faisait glisser le tissu soyeux le long de son corps. En culotte et soutien-gorge, elle le regarda se débarrasser de sa chemise puis sortir de la poche de son pantalon une poignée de préservatifs qu'il lança sur le lit. Avec des gestes vifs, il enleva ses chaussures, ses chaussettes et son pantalon.

L'eau à la bouche, elle promena sur lui un regard gourmand. Elle brûlait d'envie d'explorer chaque parcelle de ce corps sublime du bout des lèvres et des doigts. De savourer la douceur de sa peau, de tracer le dessin de ses muscles. Et de libérer sa virilité triomphante du caleçon de coton noir tendu à l'extrême… Une chaleur liquide se répandit entre ses cuisses. Oui, elle voulait tout. Tout de suite. Alors pourquoi l'excitation la clouait-elle sur place ?

Giorgos la rejoignit et l'embrassa, mettant fin à sa paralysie. Elle promena fiévreusement les mains sur lui tandis qu'il la faisait reculer vers le lit. Ils tombèrent dessus entrelacés et leurs bouches se mêlèrent dans un baiser passionné. Il finit par s'arracher à sa bouche pour dégrafer son soutien-gorge. Après avoir enveloppé ses seins d'un regard ébloui, il suça et mordilla brièvement leurs pointes hérissées, lui arrachant des soupirs ravis.

Puis il fit glisser sa culotte sur ses hanches et se pencha entre ses cuisses avec dans les yeux une lueur qui décupla son excitation. Au premier coup de langue elle creusa les reins avec un gémissement étranglé. Laissant échapper un grognement approbateur, il savoura sa douce féminité. Alors qu'elle ondulait des hanches en gémissant de plus belle, il enfonça un doigt en elle. Puis un deuxième, tout en caressant du bout du pouce son bourgeon durci. La première vague qui la submergea lui arracha un cri aigu. Il prolongea ses caresses jusqu'à la dernière palpitation en la couvant d'un regard brûlant.

Lorsqu'il finit par les interrompre, elle retint son souffle. Comment pouvait-elle être à la fois comblée et vibrante de désir ? En quelques secondes, il se débarrassa de son caleçon et mit un préservatif. Le cœur battant, elle le regardait avec une fascination mêlée de doute. Sa virilité était si impressionnante… Allait-elle vraiment pouvoir l'accueillir en elle ? En tout cas, elle n'en avait jamais eu envie à ce point. Il prit place entre ses cuisses et s'immobilisa au-dessus d'elle, appuyé sur les coudes.

— Tu es sûre de vouloir aller plus loin ?

Au lieu de répondre, elle enfonça la main dans ses cheveux et lui fit baisser la tête pour pouvoir capturer sa bouche. L'empressement avec lequel il lui répondit la galvanisa. Mais pourquoi se contentait-il de l'embrasser ? De plus en plus fiévreuse, elle creusa les reins pour se frotter contre lui et laissa échapper un gémissement au contact de sa virilité. C'était bon… mais ça ne suffisait pas. Qu'attendait-il ? Enfin, il réagit. Imperceptiblement. Il s'enfonça en elle de quelques centimètres puis il se retira aussitôt. Et recommença. Plusieurs fois. En proie à un désir de plus en plus impérieux, elle se fit suppliante.

— Giorgos… S'il te plaît… *S'il te plaît…*

D'un coup de reins puissant il plongea dans sa chaleur moite, lui arrachant un petit cri de douleur mêlée de soulagement. Enfin !

— Kassie ? demanda-t-il d'une voix rauque. Tu as mal ?

— Non… Si… Un peu… Mais c'est…

Il l'embrassa longuement, lui laissant le temps de se détendre, puis il commença à bouger en elle avec une lenteur et une douceur infinies. Envahie par des sensations délicieuses, elle se mit à onduler des hanches en rythme. Il quitta sa bouche pour parsemer son cou de baisers avant de déguster tour à tour les pointes frémissantes de ses seins tout en explorant son corps du bout des doigts. Peu à peu ses coups de reins devinrent plus puissants, plus rapides, tandis qu'il continuait de la couvrir de caresses et de baisers. Haletante, elle s'agrippa à ses épaules et noua les jambes autour de sa taille. Il redoubla d'ardeur, l'emportant dans un tourbillon irrésistible. Elle fut secouée par une explosion qui lui coupa le souffle. Presque aussitôt, Giorgos la rejoignit avec un cri rauque.

Longtemps après, il se redressa légèrement pour l'embrasser. Ce baiser à la fois nonchalant et généreux la sortit de la torpeur qui l'engourdissait et la plongea dans une douce euphorie. Elle était une femme nouvelle. Différente. Épanouie. Elle poussa un petit soupir béat, tandis qu'il roulait sur le côté et l'attirait contre lui. Elle avait l'impression de flotter au-dessus du lit…

— Jamais je n'aurais pu imaginer… Jamais…

Il eut un sourire ravi, puis il se leva brusquement et la prit dans ses bras pour la porter dans la salle de bains. Lorsqu'il la déposa dans la douche elle frissonna, tout étourdie et presque incrédule. Et si elle avait rêvé. Il fallait qu'elle recommence pour s'en assurer…

— Respire, conseilla Giorgos d'une voix douce.

Il déclencha les jets multiples puis il la savonna longuement, s'attardant sur ses seins et entre ses cuisses.

— Je veux recommencer, murmura-t-elle entre deux soupirs.

— Je sais.

Il l'enveloppa dans un peignoir en éponge et la souleva de nouveau de terre.

— Je suis capable de marcher, protesta-t-elle bien que secrètement ravie du plaisir manifeste qu'il prenait à la dorloter.

De retour dans la chambre il s'immobilisa un instant, puis il la déposa sur le canapé.

— Je reviens dans une minute.

Elle plissa le front avec perplexité, puis elle remarqua la tache de sang sur le drap. Il revint presque aussitôt avec des draps propres, mit de côté les anciens et commença à faire le lit. Elle se leva pour l'aider, mais il secoua la tête.

— Non, laisse faire l'expert.

Elle croisa les bras et le regarda travailler.

— Je suis très impressionnée.

— Tu me croyais trop habitué à être servi pour savoir faire un lit, n'est-ce pas ? Eh bien, sache qu'après mon couronnement j'ai pris conscience que je n'étais pas préparé à assumer mes lourdes responsabilités et que j'avais besoin de discipline. J'ai donc suivi pendant plusieurs mois le même entraînement que mes soldats. Depuis, je fais mon lit. Tous les jours.

Elle pouffa devant sa moue d'autodérision.

— Félicitations.

— Mais ce soir je me moque éperdument de la discipline. Viens par ici.

En renversant Kassie sur le lit, Giorgos prit conscience que ce n'était pas une plaisanterie. Il se moquait éperdument de tout ce qui n'était pas le plaisir de Kassie. Il avait toujours apprécié le sexe. Mais ce qu'il venait de vivre avec elle, c'était… différent de tout ce qu'il avait connu jusque-là. Elle était si spontanée… et si sensuelle… Il avait eu raison de prendre tout son temps pour la libérer de ses blocages. Il était un amant attentif et il se préoccupait toujours du plaisir de ses partenaires. Mais avec Kassie… c'était autre chose. À l'idée qu'il était son premier amant, il éprouva une satisfaction intense. Il était le seul homme à lui avoir fait l'amour. Et il allait recommencer. Encore et encore. En faisant en sorte qu'elle atteigne à chaque fois un nouveau niveau de plaisir. Il tenait à lui offrir l'initiation la plus complète et la plus épanouissante qui puisse exister. Oui décidément, avec Kassie c'était autre chose…

— Tu es la personne la plus disciplinée que j'aie jamais rencontrée, murmura-t-elle avec un sourire mutin.

Il fut transpercé par une flèche de désir. Ce sourire… Cette bouche… Il l'embrassa avec ferveur.

— Je n'ai plus envie de ça, murmura-t-il.

— Ça quoi ?

— Faire semblant d'être parfait.

— Mais tu ne fais pas semblant ! protesta Kassie avec son sourire mi-enjôleur, mi-moqueur. Tu es beau. Intelligent. Et très doué pour l'initiation au sexe. Tu m'as fait vivre une expérience magique. Je fais des efforts immenses pour ne pas tomber amoureuse de vous, mon roi.

Il se raidit. Elle plaisantait bien sûr. Elle le taquinait. Mais si elle savait… Tout à coup il eut envie qu'elle sache. Si elle connaissait la vérité à son sujet, elle ne le verrait plus comme un monarque exemplaire. Oui, il avait envie qu'elle connaisse le passé qui empoisonnait sa vie. Et, très égoïstement, il voulait qu'une fois au courant elle continue à le désirer. Ne lui devait-il pas la vérité ? Elle avait toujours été si honnête avec lui…

— La première impression que tu as eue en me voyant était la bonne, Kassie. Tu as vu juste à mon sujet.

Elle fut visiblement interloquée par son ton solennel.

— J'étais sur la défensive et je t'ai jugé sur les apparences, objecta-t-elle d'une voix douce. Mais ta mère est morte en couches. Pas étonnant que tu te sois inquiété pour Eleni. Et le père de Damon a abandonné sa maîtresse quand elle avait besoin de lui… Je peux comprendre pourquoi tu te méfies de Damon.

— Tout cela est vrai, mais si j'ai surprotégé Eleni pendant trop longtemps c'est pour une autre raison.

— Ah bon ? Laquelle ?

Il réprima un soupir. Il ne méritait pas son adoration. Lorsqu'elle connaîtrait la vérité sur son passé, elle le regarderait d'un autre œil. Ce qui était une bonne chose. Elle avait affirmé qu'elle ne risquait pas de tomber amoureuse de lui, mais certains signes indiquaient que ce risque n'était pas exclu. En lui révélant son passé il tuerait dans l'œuf les sentiments qu'elle pouvait avoir pour lui. Il fallait juste espérer que son désir resterait intact…

— À l'adolescence j'étais encore plus arrogant qu'aujourd'hui.

Il eut une moue de dérision.

— Forcément. Pratiquement toutes les femmes étaient prêtes à me tomber dans les bras. Ça me montait à la tête. Je ne pensais pas aux conséquences. Je me croyais invincible. Rien de grave ne pouvait m'arriver.

— Et puis ton père est mort.

— C'est mon hédonisme qui l'a tué. Je suis responsable de sa mort.

— C'était un accident de voiture.

— Dont je suis responsable. J'avais des ennuis. De gros ennuis.

Kassie le regarda avec inquiétude.

— Le jeu ? La drogue ?

— Une de mes maîtresses était tombée enceinte.

Kassie écarquilla les yeux.

— Tu l'aimais.

— J'avais presque dix-huit ans. Elle en avait dix-neuf. Je pensais avoir pris les précautions nécessaires. J'étais vorace mais pas stupide. Malheureusement, la contraception n'est pas infaillible. Nous avions une relation très libre, sans engagement. Aucun de nous deux n'était fidèle.

— Que s'est-il passé ?

— Elle était paniquée, et pour être franc moi aussi. Ses parents étaient très traditionnels et elle avait peur de leur réaction

— C'était une princesse ?

— Une aristocrate. Ça n'aurait pas été le mariage idéal, mais il aurait été acceptable.

— Donc, ce n'était pas une histoire d'amour interdite ?

— Non. Nous n'avions couché ensemble que deux ou trois fois. Comme c'était mon habitude avec chaque femme.

— Dès que c'était fini avec l'une, tu passais à la suivante ?

— Exactement.

Il soupira.

— Elle appartenait au groupe d'amis avec qui je faisais la fête. J'ai couché avec la plupart des femmes qui en faisaient partie.

— Le coureur dans toute sa splendeur…

Il eut une moue contrite.

— J'étais très doué pour sécher les cours et tromper la vigilance des gardes du palais.

Son père était souvent absent, accaparé par les affaires du royaume et sa sœur n'était qu'une enfant. Il faisait ce qu'il voulait et il se croyait invincible.

— Que s'est-il passé quand elle est tombée enceinte ?

Il avait pris conscience de sa légèreté et il avait voulu assumer ses responsabilités.

— J'avais décidé de la demander en mariage. J'ai téléphoné à mon père… et nous avons eu une dispute. Il voulait que je commence par exiger un test de paternité. J'étais furieux qu'il me dise ce que je devais faire. J'ai refusé de l'écouter et de rentrer au palais.

— Alors il est venu te chercher ?

— D'ordinaire il ne conduisait pas. Mais ce jour-là… Il roulait vite…

Il ferma les yeux pour ne pas voir la compassion dans le regard de Kassie.

— Il a été tué sur le coup. D'après les médecins il n'a rien senti.

Il ne s'était jamais remis du choc qu'il avait reçu quand un soldat avait frappé à sa porte pour lui annoncer la nouvelle.

— C'était de ma faute. C'est moi qui l'ai tué. Ma maîtresse voulait qu'on célèbre le mariage le plus tôt possible, mais j'estimais qu'il était de mon devoir de faire ce que mon père avait voulu. Je regrettais amèrement que notre dernière discussion ait été aussi houleuse. Il me semblait que je lui devais au moins ça.

— Quoi donc ?

— Un test de paternité. Il s'est avéré que mon père avait raison d'être méfiant. Je n'étais pas le père du bébé.

Kassie pâlit.

— Elle t'avait menti.

— Elle avait peur. Par conséquent, elle avait choisi la solution qu'elle jugeait la plus sûre.

Kassie le regarda d'un air attendri.

— Tu la défends ? Bien qu'elle t'ait trahi ?

— Nous n'étions fidèles ni l'un ni l'autre. Et puis elle était jeune et elle subissait une pression énorme.

— Parce que toi tu ne l'étais pas ?

Il réprima un soupir. Il ne lui avait pas raconté tout ça pour qu'elle le plaigne, mais pour l'inciter à prendre ses distances avec lui… Mais comment résister à son regard scrutateur ?

— J'étais déchiré. J'avais tout gâché et je devais monter sur le trône.

Il s'était retrouvé dans une situation impossible. Il savait qu'il ne méritait pas de succéder à son père et de porter la couronne, mais qu'il ne pouvait pas se dérober parce que c'était son devoir.

— L'affaire a été étouffée, bien sûr. Personne n'a jamais su pour quelle raison le roi Theodoros roulait aussi vite sur la route de la côte cette nuit-là.

— Oh ! Giorgos, murmura Kassie en posant la main sur sa joue.

Il s'écarta d'un mouvement brusque.

— Je ne suis pas le roi parfait. Je ne l'ai jamais été et je ne le serai jamais. Je suis un enfant gâté stupide et arrogant qui a semé la destruction autour de lui. Je ne pensais qu'à satisfaire mes envies sans me soucier des dégâts que je pouvais causer autour de moi. J'étais le genre de coureur que tu détestes.

Kassie le regardait… et le désir brillait toujours dans ses yeux. Furieux d'en éprouver une intense satisfaction, il secoua la tête.

— Je suis un sale égoïste, Kassie. Tu perds ton temps avec moi.

— Ce n'est pas vrai.

Kassie prit Giorgos dans ses bras et le serra contre elle malgré sa résistance. Ce qu'il venait de lui raconter était l'histoire la plus triste qu'elle avait jamais entendue. Pourtant, il continuait de prendre la défense de cette femme qui l'avait doublement trompé. Loin d'être égoïste il était d'une générosité extrême.

— Tu as essayé d'assumer tes responsabilités. Je ne vois pas où est l'égoïsme. Qu'est-elle devenue ?

— Elle vit dans le sud de la France. Elle est mariée depuis six ans et elle a deux enfants, je crois. Alors tu as compris ?

— Que tu es rongé de remords à cause de tes erreurs de jeunesse ? À cause de choses qui se seraient peut-être passées de toute façon ? Oui, ça, j'ai compris.

— Mon père n'aurait pas roulé cette nuit-là sur cette route-là…

— Mais il aurait peut-être eu un accident ailleurs, un autre jour. Tu ne peux pas te reprocher ce qui est arrivé. C'est le destin.

— Tu te trompes.

— Tous les jours je vois des victimes d'accidents. Des gens qui ont perdu l'usage d'un ou de plusieurs membres et qui ne retrouveront jamais leur vie d'avant. Il y a un moment où chacun de nous doit accepter la vie telle qu'elle est. Des choses arrivent. Des drames se produisent. Mais nous continuons à aller de l'avant.

— On ne peut réellement aller de l'avant que si on change de comportement. Si on fait en sorte de ne pas renouveler ses erreurs.

— Mais certaines choses échappent à notre contrôle.

— Nous avons le pouvoir d'en contrôler une grande partie. Nous sommes définis par les choix que nous faisons. J'ai le devoir de défendre les mêmes valeurs que mon père et de perpétuer les traditions qui lui étaient chères.

Voilà pourquoi il n'avait rien changé dans le palais… C'était également pour cette raison qu'il avait surprotégé Eleni. Et qu'il avait mis sa vie personnelle en veilleuse, déterminé à se consacrer entièrement à son rôle de roi. Il se punissait en s'imposant une discipline de fer et en tentant d'atteindre la perfection. Ce qui était impossible.

— Je suis heureuse qu'elle ait réussi à aller de l'avant, commenta-t-elle prudemment.

— Mais tu penses que ce n'est pas mon cas ?

— Je trouve que tu accomplis un travail admirable.

Il eut un rire sans joie.

— Moi ? Le despote ? Le tyran qui a contraint sa sœur à mener une existence recluse au palais ? J'accomplis un travail admirable ? Ne laisse pas la pitié t'aveugler, Kassie. Ne me prends pas pour ce que je ne suis pas.

— Je sais que tu es généreux et loyal, et que tu ferais n'importe quoi pour ta sœur. La première fois que je t'ai vu je n'ai pas compris tout ça.

— Mais tu avais raison. Je suis égoïste et j'aime me raconter que je peux tout contrôler.

Il laissa échapper un nouveau rire amer.

— Ne t'inquiète pas. Je ne suis pas anéanti par la vérité.

— Dans quel état d'esprit es-tu ?

Il la considéra pendant un instant avant de répondre.

— Je suis déterminé à profiter pleinement de ce fluide magique entre nous, Kassie. Assouvissons notre désir sans chercher à disséquer des faits qui sont inaltérables. Vivons le présent sans nous préoccuper du passé ni de l'avenir.

Il referma les bras sur elle.

— D'ailleurs, je vais prendre des vacances.

8.

Trois jours. Giorgos avait annulé tous ses rendez-vous en invoquant des raisons personnelles. Il avait également publié un communiqué pour informer les médias que Mlle Kassiani Marron avait quitté le pays pour s'isoler à Paris pendant quelques jours. Il ne devrait pas faire passer son plaisir avant son devoir mais la tentation était trop forte. Juste une fois. Juste cette fois. Ils avaient passé la première matinée au lit, puis ils avaient batifolé pendant des heures dans la piscine avant de se recoucher. Pour la première fois depuis dix ans, il n'avait pas effectué son entraînement matinal. Kassie lui avait proposé avec un sourire ensorceleur de s'adonner avec elle à un autre genre d'entraînement. Il avait accepté avec empressement, l'encourageant à prendre la direction des opérations. Elle s'était exécutée avec un enthousiasme dévastateur.

Alors que la deuxième journée, aussi délicieuse que la première, s'achevait, il décida d'offrir une escapade à Kassie. Se prélasser au lit avec elle était une fête de tous les instants mais elle méritait plus que ça. Il voulait partager aussi autre chose avec elle.

— Pourquoi ai-je besoin de chaussures de marche ? demanda-t-elle le lendemain matin.

— Pour marcher.

Elle roula les yeux.

— Où ?

— C'est une surprise.

Il l'aida à monter dans le petit hélicoptère qui attendait sur l'héliport.

— Tu me fais confiance ?

— Pour une fois, je vais essayer, plaisanta-t-elle.

Il s'installa aux commandes et ils décollèrent pour un vol de trente minutes à destination de la région montagneuse du nord du pays. Il se posa dans une clairière au milieu de la forêt, sur le flanc d'une des plus grandes montagnes, à mi-chemin du sommet.

— À quoi bon l'hélicoptère si nous ne nous posons pas directement au sommet ? demanda-t-elle avec un sourire malicieux en sautant à terre.

— C'est pour avoir le plaisir de relever un défi, mademoiselle Marron.

— Comment ai-je pu oublier que tu raffolais des défis ?

— Presque autant que toi.

À la vue de son sourire complice, il fut assailli par une bouffée de joie. C'était toujours un immense plaisir de discuter et de plaisanter avec elle. Sa vivacité d'esprit et son sens de l'humour étaient incroyablement séduisants.

— Nous sommes presque arrivés, annonça-t-il après vingt minutes de marche sur un petit sentier escarpé.

Une fois au sommet, il offrit son visage au vent frais et inspira profondément. Il aimait cet endroit. La vue était spectaculaire et le grand air lui éclaircissait les idées.

— C'est magnifique.

Rayonnante, Kassie embrassait le paysage du regard.

— Ça valait la peine de faire l'effort de grimper ?

— Les beaux moments valent toujours la peine de faire des efforts.

Une étrange sérénité s'empara de lui. Elle comprenait. D'ailleurs elle participait souvent à la création de beaux moments. Avec lui. Avec ses patients également. Les yeux étincelants, le teint lumineux et les cheveux au vent, elle était splendide. Plus ému qu'il ne l'aurait voulu, il détourna les yeux pour reporter son attention sur la vue.

— Je ne suis pas venu ici depuis longtemps.

— Pourquoi ?

— Trop de travail, répondit-il en indiquant la capitale au loin. Viens, je veux te montrer quelque chose.

Il l'entraîna vers un buisson au pied duquel s'élevait un petit cairn.

— Oh…

Elle se pencha.

— C'est toi qui l'as fait ?

Il hocha la tête et sortit une pierre de son sac à dos. À l'aide d'un marqueur il inscrivit dessus la date et ses initiales. Kassie examina celles déjà empilées au pied du buisson.

— Toutes les pierres portent tes initiales. Personne ne vient ici à part toi ?

— Non.

— Cet endroit est interdit au public ?

Il pouffa.

— Pas du tout ! C'est juste qu'il est difficile d'accès si on n'a pas d'hélicoptère. Mes parents m'amenaient ici quand j'étais enfant.

Elle s'accroupit pour regarder les pierres de plus près.

— Tu en apportes toujours une ? Une seule à chaque fois ?

— Oui.

— Alors tu viens depuis longtemps.

— Depuis mon enfance.

— Tu es un homme de traditions, commenta-t-elle, les yeux pétillants de malice.

— C'est une mauvaise chose ?

— Non. Du moment que les traditions n'entravent pas le progrès.

Kassie étudia les pierres les plus anciennes, à la base du cairn. De l'herbe avait poussé, masquant en partie certaines d'entre elles, mais sur les plus grosses les initiales étaient encore visibles. Elle indiqua un A.

— Ta mère ?

— Antonia, confirma-t-il. C'est elle qui a eu cette idée.

— Elle venait souvent ?

— C'était son endroit favori.

— Elle était belle ?

— Oui.

Il s'accroupit à côté d'elle.

— Mon père a fait construire le Pavillon d'été pour elle et elle l'a décoré. C'était son refuge.

— Elle n'aimait pas le palais ?

— Si, mais il est difficile de s'y isoler. Elle passait beaucoup de temps au Pavillon d'été quand j'étais petit et que mon père travaillait.

— Tes parents ont fait un mariage arrangé ?

— Oui. Mais ils s'entendaient bien. Ils semblaient heureux.

Même si ses souvenirs étaient assez confus… Il n'avait que dix ans à la mort de sa mère.

— Ta mère doit te manquer. Sa mort a dû te causer un choc terrible.

Oui, mais il n'avait pas envie de continuer à parler de sa mère. Ni de son père ni de sa sœur. Il voulait suspendre le temps et savourer ce moment en compagnie de Kassie.

— Tu devrais ajouter une pierre au cairn pour marquer ta venue, dit-il d'une voix rauque.

Les joues en feu elle regarda autour d'elle mais il n'y avait aucune pierre sur le sol.

— Tu vas devoir partager la mienne, dit-il.

Il entrelaça ses initiales aux siennes sur la pierre qu'il avait dans la main, puis il mit celle-ci en place en la calant dans un intervalle entre deux autres. Il prit la main de Kassie et ils restèrent un long moment à contempler le cairn en silence.

— Il faut y aller, finit-il par dire à contrecœur.

De retour au Pavillon d'été ils dînèrent aux chandelles. Puis il mit de la musique et ils dansèrent sur la terrasse, en prélude à une nouvelle nuit de passion. Le lendemain matin il se réveilla tôt, en proie à une anxiété insurmontable. Les vacances étaient terminées. Il ne pouvait pas fuir ses responsabilités plus longtemps. Cet après-midi il avait une réunion impossible à décaler. Demain Kassie rentrait à Palisades.

Il se leva et alla nager, mais des centaines de longueurs rageuses ne suffirent pas à l'apaiser. À son retour il trouva Kassie debout. Vêtue d'une robe bain de soleil, elle avait déjà pris son petit déjeuner et lisait sur le canapé. Ses cheveux somptueux ruisselaient sur ses épaules et un sourire tentateur étirait ses lèvres pulpeuses. Si seulement ils avaient la journée devant eux… Au comble de la frustration, il se contenta de l'embrasser sur le front puis il s'installa à son bureau pour tenter de se remettre au travail. Le cœur de Kassie se serra. La vie réelle reprenait ses droits. Leur relation ne serait bientôt plus qu'un souvenir. C'était prévu. Elle le savait. Mais ça n'en était pas moins frustrant. Pas moins injuste. Pourquoi le seul homme qui l'attirait était-il le seul avec qui elle ne pourrait jamais rien vivre d'autre que ces trois jours volés à la réalité ? Non seulement le seul fait de le regarder suffisait à la faire fondre, mais au cours de ces trois jours elle avait découvert qu'il était généreux, honnête, drôle, attentionné, tendre, taquin… Et hier, sur la montagne, quelle émotion quand il avait entrelacé leurs initiales sur cette pierre… Pourquoi lui avait-il infligé ça ? C'était trop injuste !

— Qu'y a-t-il ?

Elle leva les yeux et rencontra le regard scrutateur de Giorgos. Il était conscient de sa frustration, bien sûr. Rien ne lui échappait. Il était vraiment exaspérant !

— Je ne comprends pas pourquoi il faut que tu sois le seul homme capable de me faire vibrer. Je ne veux pas que tu sois le seul !

Le regard de Giorgos devint dur.

— Qu'envisages-tu de faire ? T'inscrire sur un site de rencontres ?

Elle le considéra avec perplexité. Pourquoi ce ton cinglant ? Serait-il jaloux ? Comment pouvait-il s'en prendre à elle alors que c'était lui qui était inaccessible ?

— Je vais rentrer chez moi, répliqua-t-elle avec irritation. Reprendre le travail. Et toi aussi.

— C'est aussi simple que ça ?

Il se leva, la rejoignit, la hissa sur ses pieds et plaqua son bassin contre le sien.

— Tu crois vraiment que tu vas réussir à éteindre *ça* uniquement parce que tu l'as décidé ?

— Je me suis passée de sexe toute ma vie, je peux bien continuer, rétorqua-t-elle en relevant le menton.

L'atmosphère était si électrique qu'on devinait presque le crépitement des étincelles.

— Tu veux retourner à ton existence de nonne ?

— Pourquoi pas ? lança-t-elle, le cœur battant, incapable d'ignorer la dureté de plus en plus impressionnante de sa virilité contre son ventre. Je ne vais pas faire toute une histoire pour une aventure purement sexuelle.

— Purement sexuelle ? répéta-t-il d'une voix vibrante de colère. Tourne-toi !

— Pardon ?

— Tu m'as très bien entendu. Tourne-toi.

Une flambée de désir l'embrasa tout entière. Pour la forme elle le défia du regard pendant deux secondes, puis elle s'exécuta. Il l'agrippa par les hanches et la fit avancer vers le mur.

— Que fais-tu ?

— Je vais t'aider à prendre conscience de quelques évidences, répondit-il en s'immobilisant juste devant le mur.

Instinctivement, elle leva les mains et s'y appuya.

— Quelles évidences ?

— Si c'est purement sexuel, pas la peine de prendre notre temps. Pas la peine de nous déshabiller. Pas la peine de nous regarder dans les yeux. Il suffit de le faire comme des animaux. Vite fait bien fait, au revoir et merci.

Ses paroles la choquèrent, et décuplèrent son excitation. Jamais elle n'avait été aussi excitée… Ça prouvait bien que c'était purement sexuel, non ? Elle creusa les reins pour mieux presser ses fesses contre sa virilité.

— Oui. Comme ça. C'est parfait, approuva-t-elle, délibérément provocante.

Il remonta sa jupe et baissa sa culotte avec des gestes vifs, puis elle entendit le zip de sa braguette. Ses mains se refermèrent sur ses hanches et il plongea en elle d'un seul mouvement puissant. Elle poussa un gémissement de pur plaisir.

— C'est ça que tu veux ?

— Oui…

En quelques coups de reins furieux il la fit basculer dans un gouffre sans fond, lui arrachant un hurlement extatique. Avant qu'elle ait le temps de reprendre ses esprits il se retira brusquement. Elle vacilla sur ses jambes mais il la souleva de terre pour la porter jusqu'au canapé. Hébétée, elle le regarda sans comprendre alors qu'il s'allongeait avec elle.

— Tu n'as pas… ?

— Non.

Plongeant son regard dans le sien, il s'enfonça lentement en elle.

— Pas encore. Je veux te voir.

Il reprit ses va-et-vient, mais avec nonchalance. Et il immobilisa son visage entre ses mains.

— Je veux voir tes yeux au moment où tu comprendras enfin.

S'emparant de sa bouche avec ferveur, il l'entraîna dans une danse lascive qui raviva aussitôt le feu qui couvait en elle. Mais le plaisir aigu qu'elle avait éprouvé quelques secondes plus tôt n'était rien en comparaison des sensations diffuses qui montaient du plus profond d'elle et de l'émotion indicible qui la submergea.

— Giorgos…

— Tu penses toujours que c'est purement sexuel ?

— Ça ne peut pas être autre chose…

— Bien sûr que si. *C'est* autre chose. Depuis le début…

Il accéléra peu à peu le rythme de leur danse, l'emportant dans un maelström irrésistible au cœur duquel elle s'engloutit dans un océan de jouissance. Elle rouvrit les paupières juste à temps pour voir ses traits s'altérer juste avant le déferlement ultime. Ses yeux émeraude plongés dans les siens reflétaient une émotion extrême. Au moment où le plaisir le balaya il prononça un dernier mot avec une rage mêlée de désespoir.

— *Toi…*

Giorgos ne parvenait pas à se résoudre à lever la tête. Qu'avait-il fait ? Que lui avait-il pris ? Jamais plus il n'oserait regarder Kassie en face… Mais il ne pouvait pas non plus continuer à l'écraser de tout son poids sur le canapé. Il se leva et finit par lui jeter un coup d'œil après s'être rajusté à la hâte. Elle semblait exténuée. Ses yeux étaient écarquillés et ses lèvres entrouvertes plus gonflées qu'à l'ordinaire. Un suçon violacé se détachait sur la blancheur de son cou. Bon sang, il s'était comporté comme un animal… Il avait complètement perdu le contrôle de lui-même… Mais elle n'avait pas été rebutée. Bien au contraire. Elle lui avait répondu avec une passion débridée. Il avait éprouvé le plaisir le plus intense et le plus dévastateur de toute sa vie.

Mais quelle erreur ! Quelle erreur impardonnable !

Il avait oublié de mettre un préservatif. La seule erreur qu'il ne commettait jamais. Jamais. Mais quand elle avait affirmé qu'elle allait rentrer chez elle et que ce serait fini, quand elle avait exprimé le souhait de continuer à vivre sa vie sexuelle sans lui, il avait perdu la tête. Il était devenu fou de rage et de désir. Il avait oublié son devoir envers la couronne, envers son père, envers son peuple, envers lui-même. Et envers elle.

— Je n'aurais jamais dû, déclara-t-il d'une voix étranglée. Je suis désolé.

Elle se redressa lentement et le regarda d'un air interloqué.

— Je n'ai pas mis de préservatif, expliqua-t-il, mortifié. Je vais appeler mon médecin immédiatement pour lui demander la pilule du lendemain. Ne t'inquiète pas.

Il détourna les yeux, incapable de la regarder plus longtemps. Mieux valait s'en aller avant de se jeter à ses pieds pour la supplier de lui pardonner. La supplier de... De quoi ?

— J'y vais tout de suite.

Kassie regardait Giorgos avec une incrédulité mêlée de désespoir. Il venait de lui répéter sur tous les tons que leur relation n'était pas purement sexuelle, pour lui prouver le contraire dans la foulée. Confronté à un risque de conséquence durable, il avait décidé sans hésiter de la rejeter et de prendre la fuite. Il était prêt à tout pour éviter une complication à long terme. Eh bien, elle pouvait le rassurer. Même s'il venait de lui briser le cœur...

— Je ne risque pas de tomber enceinte, Giorgos.

— Nous venons d'avoir une relation sexuelle non protégée.

— Je te répète qu'il n'y a aucun risque.

— Que veux-tu dire ?

— Je prends la pilule.

— Pardon ?

— Je prends la pilule.

Il écarquilla les yeux.

— Pourquoi ne me l'as-tu pas dit plus tôt ?

— Tu ne m'en as pas laissé le temps, répliqua-t-elle sur un ton cinglant. Tu avais trop hâte d'appeler ton médecin à la rescousse pour éviter tout risque de scandale.

En réalité, elle avait voulu voir sa réaction. Édifiant. Son effroi avait été flagrant.

— Pourquoi prends-tu la pilule si tu n'as pas de vie sexuelle ? demanda-t-il d'un air méfiant.

— Tu ne me crois pas ?

Outrée, elle traversa la pièce à grands pas, prit son sac à main et le vida sur le bureau. Elle ramassa la plaquette et la lui lança à la figure.

— Voilà la preuve.

Le coup d'œil qu'il jeta à la plaquette acheva de la mettre hors d'elle. Il n'avait pas pu s'en empêcher ! Il avait fallu qu'il vérifie ! Et il avait prouvé qu'il ne lui faisait aucune confiance…

— Tu me crois capable de mentir ? Tu me crois capable d'essayer de te piéger ?

Il eut une hésitation.

— Je ne suis pas comme elle. Tu devrais le savoir.

— Je…

— Je ne t'ai *jamais* menti, Giorgos. Je n'ai jamais essayé de te piéger. Mais tu n'as toujours pas confiance en moi.

Elle s'efforça de masquer la souffrance qui lui broyait le cœur. Dire que de son côté elle lui avait toujours fait aveuglément confiance…

— Je me suis confié à toi. Comment peux-tu dire que je n'ai pas confiance en toi ?

— Tu viens de le prouver.

Aurait-ce été si catastrophique si elle était tombée enceinte ? Pour lui, oui, de toute évidence. Son premier réflexe avait été de se débarrasser du problème de toute urgence. Parce qu'il n'éprouvait rien pour elle. Alors qu'elle… *C'est juste une tocade*. Si seulement c'était vrai… Mais à quoi bon se mentir ? Elle était tombée amoureuse de lui.

— J'ai confiance en toi, insista-t-il. Mais j'aurais dû me contrôler. Mettre un préservatif. Ma colère était mal placée. C'est à moi que j'en veux.

— Inutile d'assumer toute la responsabilité de ce qui s'est passé, déclara-t-elle avec irritation. Je suis aussi responsable que toi. Moi aussi j'aurais dû me contrôler.

Il s'avança vers elle.

— Mais tu n'as pas pu non plus ? demanda-t-il d'une voix plus douce. Tu as senti qu'il y avait quelque chose de spécial entre nous ?

Électrisée par l'éclat de ses yeux, elle sentit son cœur s'affoler. Le désir n'avait pas disparu. Il était toujours aussi brûlant… Toujours partagé… Mais à présent elle avait la preuve que pour lui il n'y avait rien d'autre que ce désir. Elle ne pouvait pas se permettre de céder à la tentation. Cela ne lui apporterait que de la souffrance. Elle inspira profondément.

— Arrête, Giorgos.

Il crispa la mâchoire.

— Pourquoi ?

Elle détourna les yeux.

— Il faut que je reprenne le travail. Et toi aussi.

— Je te verrai à Palisades ?

Elle fut parcourue d'un long frisson. C'était si tentant… Mais pas question.

— Non.

— J'enverrai une voiture te chercher. Personne ne la remarquera dans la nuit.

Elle sentit un grand froid l'envahir.

— Et je repartirai quelques heures plus tard ?

— Oui.

— Personne ne saura rien, ajouta-t-il avec arrogance. Je suis sûr que ça marchera. Je ferais creuser un tunnel privé reliant ton appartement au palais, si je pouvais.

C'était donc si important que personne ne sache qu'il couchait avec elle ?

— Je suis un secret si honteux que ça ?

— Ce n'est pas ce que j'ai voulu dire.

Elle inspira profondément. Il fallait rester forte. Et libre. Elle était digne d'apparaître en public à son côté uniquement en tant que demi-sœur de son beau-frère. Pas en tant que sa maîtresse. De toute évidence, il considérait qu'il n'y aurait rien de plus déshonorant pour lui. Garder secrète une aventure de trois jours, ça se justifiait. Rester dans la clandestinité pour une relation à long terme, c'était inacceptable.

— Je veux m'en aller, dit-elle d'une voix qu'elle espérait assurée. Maintenant.

— Kassie…

— C'est terminé. Comme c'était prévu depuis le début.

Giorgos ne bougea pas.

— Je ne veux pas que ça se termine.

— Il le faut.

Il posa les mains sur ses épaules.

— Encore un peu.

— Encore un peu ? répéta-t-elle en s'efforçant d'ignorer les frissons qui la parcouraient. Tu plaisantes ! Je ne suis pas comme ma mère. Je ne serai jamais une femme entretenue. Je ne passerai pas ma vie à attendre un homme.

— Ce n'est pas ce que je te demande. Je ne te fais pas de fausses promesses. Je te propose juste de vivre l'instant. De laisser notre histoire suivre son cours naturel.

Elle eut un petit rire amer.

— « Son cours naturel ». Tu veux dire continuer jusqu'à ce que tu te lasses de moi.

Il pâlit.

— Kassie…

Elle ferma les yeux.

— Je refuse de vivre comme ma mère.

— Je veux seulement te protéger.

— Mensonge ! C'est toi que tu veux protéger. Tu pourrais changer. Tu pourrais faire évoluer le pays. Le public te suivrait. Mais tu es trop occupé à te punir pour le passé. Et tu ne tiens pas assez à moi pour renoncer à perpétuer la tradition. Tu ne peux pas me donner ce que je veux. Tu ne me fais pas confiance et tu ne m'aimes pas. Je sais que tu ne me l'as jamais promis. Mais tant que tu n'accepteras pas d'évoluer, tu n'aimeras jamais personne. Et tu ne laisseras jamais personne t'aimer non plus. Ni moi, ni ta sœur, ni personne. Tu es trop arrogant et trop lâche. La vérité c'est que tu n'as pas l'intention d'aimer qui que ce soit. Surtout pas toi-même.

Elle s'interrompit. Elle était allée trop loin. Il était blanc comme un linge. Mais ses yeux lançaient des éclairs et sa respiration était hachée… Elle retint son souffle mais bientôt son visage redevint impassible. Il n'allait pas discuter, comprit-elle, le cœur serré. Il n'allait pas se battre. Il fallait en finir.

— Je m'en vais, déclara-t-elle en se dirigeant vers la sortie.

Il ne répondit pas. Il ne la suivit pas. Elle prit une douche et se changea. Lorsqu'elle sortit de sa suite elle découvrit qu'il était parti plus tôt que prévu à sa réunion. Bien sûr. Il resta absent deux heures, pendant lesquelles elle eut le temps de réfléchir et de faire ses valises. À son retour il ne chercha pas à la voir. Elle attendit une demi-heure avant de se rendre dans sa tanière. Il était assis à son bureau, impassible.

— Je voudrais rentrer en ville, dit-elle.

— Je t'ai dit que j'étais désolé.

— Je sais que tu l'es sincèrement. Mais c'est terminé. J'ai survécu à ma présentation aux médias et leur intérêt va s'estomper. Je n'ai pas besoin de protection.

— Je tiens à ce que tu en bénéficies. Je vais prendre les dispositions nécessaires.

Elle quitta la pièce, la mort dans l'âme. Moins d'une demi-heure plus tard, elle croisa les mains sur ses genoux et les fixa résolument tandis que l'hélicoptère décollait, l'emportant loin de Giorgos. Pas question de pleurer.

C'était plus qu'une simple tocade, mais elle s'en remettrait.

9.

Elle ne s'en remettrait jamais… Il y avait trois jours qu'elle avait quitté le Pavillon d'été. Trois jours sans nouvelles. Pas de répit pour son cœur en miettes. La seule chose qui lui permettait de tenir le coup c'était l'hôpital.

Le soir quand elle rentrait chez elle, la souffrance la submergeait. En lui demandant de devenir sa maîtresse secrète, Giorgos l'avait poignardée en plein cœur. Comment pourrait-elle se résigner à suivre l'exemple de sa mère ?

Il fallait aller de l'avant. Pour commencer elle devait surmonter ce chagrin d'amour, choisir de vivre. Et ensuite, choisir d'aimer de nouveau. Il lui faudrait beaucoup de courage pour prendre le risque de faire une nouvelle tentative. Mais la prochaine fois qu'un homme l'inviterait… elle dirait oui.

Furieux, Giorgos arpentait à grands pas le salon de sa suite, au palais. Le souvenir de sa dernière dispute avec Kassie le poursuivait et attisait sa colère. Il lui avait fait une proposition qu'il n'avait jamais faite à aucune femme. Mais elle était trop fière pour l'accepter. Il crispa la mâchoire. Comme si elle ne l'obsédait pas assez, la presse ne parlait que d'elle. « La kiné », comme l'appelaient les journalistes. D'abord ils s'étaient extasiés sur le naturel et la simplicité dont elle avait fait preuve lors de l'inauguration de la sculpture. Ensuite, ils avaient déterré des anecdotes sur sa relation avec ses patients.

Les médias s'étaient entichés de la demi-sœur illégitime du mari de la princesse. « Kassiani la Bienveillante » avait remplacé « Eleni la Pure » sur les couvertures des magazines.

D'où venait cette manie de mettre sur un piédestal les femmes qui le côtoyaient ? Ils les présentaient comme des sortes de saintes à côté desquelles il paraissait insignifiant. Il étudia un cliché de Kassie en compagnie d'invités à l'inauguration de la statue. Souriante, chaleureuse, toujours prête à discuter avec les gens. Alors que de son côté il était arrogant, froid et méfiant. Il l'avait même soupçonnée de lui mentir. Elle méritait mieux.

Et elle avait raison. Des changements étaient nécessaires. Dans son attitude personnelle, dans sa façon d'assumer ses responsabilités et même dans le palais. Il allait commencer par accrocher au mur un tableau qu'il aimait au lieu de se contenter de ceux qui étaient là depuis des siècles. Il allait choisir un tableau de sa sœur. Comment avait-il pu être assez odieux pour ne même pas laisser Eleni exposer ses merveilleux tableaux au palais ? Kassie en avait mis dans son bureau. Elle avait eu conscience de son talent. Kassie voyait le bien chez les gens, chez ses patients. Elle croyait en eux. Elle était généreuse, attentive et bienveillante, en effet. Tout ce qu'elle attendait c'était qu'on le soit avec elle en retour. Et il n'en avait même pas été capable.

Mais à présent, il était enfin capable d'admettre la vérité. Il était conscient qu'il avait besoin d'elle. Qu'il l'aimait. Qu'elle était la femme de sa vie. Malheureusement, il l'avait blessée. Comment devenir l'homme dont elle avait besoin ? Comment la convaincre de croire en lui ? De lui donner une nouvelle chance ?

10.

Kassie courut presque dans l'allée qui conduisait à son appartement. Le garde tenait les photographes à distance mais elle avait hâte d'être enfin seule. Elle était trop bouleversée. Dès la porte refermée, elle laissa tomber son sac et se roula en boule sur le sol, laissant éclater les sanglots qu'elle avait contenus toute la journée. Chaque soir depuis quatre jours, c'était la même chose. Combien de temps cet enfer allait-il durer ?

Des coups frappés à la porte la firent tressaillir.

— Ouvre, Kassie. Je sais que tu es là.

Giorgos ? Non, non, non !

— Kassie ?

Il frappa à coups redoublés.

— Ouvre.

Furieuse, elle s'essuya les yeux et alla ouvrir. Malgré son jean et son T-shirt, et sa casquette rabattue sur les yeux, il était toujours aussi imposant. Sa tenue n'atténuait en rien sa prestance. Il scruta son visage inondé de larmes et pinça les lèvres.

— Je peux entrer ?

Elle eut envie de dire non. De le hurler. Elle s'effaça pour le laisser passer.

— Bien sûr.

Quand il fut entré elle ferma la porte derrière lui mais elle ne l'invita pas à aller plus loin que l'entrée.

— Que veux-tu ?

Il s'éclaircit la voix.

— Je voulais savoir si tu avais quelque chose de prévu pour le dîner.

Elle le considéra avec perplexité.

— Tu m'invites à… ?

— À sortir, oui.

Il roula les épaules, visiblement mal à l'aise.

— Je n'ai jamais vraiment invité une femme à sortir. Toi tu as été invitée des dizaines de fois et je sais que tu as tendance à refuser, mais j'espérais qu'avec moi tu accepterais.

Elle releva le menton.

— Parce que l'essentiel dans cette histoire c'est *toi* ?

Le sourire hésitant de Giorgos s'effaça.

— L'essentiel c'est moi *et toi*. C'est nous.

— Il n'y a pas de nous.

— Si… Il ne peut pas en être autrement. Il faut juste que nous allions doucement. Je veux prendre le temps de mieux te connaître. De te faire la cour. De faire tout ce que font les gens normaux au début d'une relation. Mais, à moins que nous nous voyions clandestinement, nous allons être sous les projecteurs. Je… Je t'invite juste à dîner.

Elle sentit son cœur s'affoler. Qu'entendait-il par « au début d'une relation ».

— Ce n'est pas que je veux te cacher, ajouta-t-il. Je veux juste que nous ayons une chance de savourer les débuts sans subir la pression médiatique.

Elle arqua les sourcils. Les débuts de quoi ?

— Ce n'est pas seulement sexuel, Kassie. Nous…

— Rien ne t'oblige à faire ça. Je sais que tu ne le veux pas.

— Si tu me laissais parler, tu découvrirais peut-être ce que je veux. L'autre jour je t'ai dit des choses que je ne pensais pas et je n'ai pas dit ce que j'aurais dû. J'ai été débordé par mes émotions et…

Il inspira profondément.

— J'ai pensé que si nous pouvions dîner ensemble, nous pourrions peut-être… avancer un peu.

— Dîner ?

— Oui.

— Où ? Quand ?

— À tout hasard j'ai commandé des pizzas.

— Des pizzas ?

— Elles devraient arriver dans cinq minutes.

Elle resta muette.

— Dis oui, Kassie.

— D'accord pour les pizzas. Mais c'est tout.

— Génial.

Le sourire qui éclaira le visage de Giorgos atteignit Kassie en plein cœur.

— Ça fait des jours que je réfléchis à ça, poursuivit-il en s'avançant vers elle. Quoi dire… Comment le dire.

Il plongea son regard dans le sien.

— Puis-je te poser une autre question ?

— Déjà ?

Il était trop près… Elle recula mais elle fut arrêtée par le mur.

— Est-ce que ça ne va pas un peu trop vite pour un premier rendez-vous ?

Il continua à avancer et s'immobilisa à quelques centimètres d'elle.

— Avec toi, pour la première fois de ma vie je suis capable d'être moi-même. De prendre des risques que je ne peux prendre avec personne d'autre. Parce que je sais que je peux te faire confiance. Mais de ton côté tu n'as plus confiance en moi parce que je t'ai déçue. Tu ne peux pas savoir à quel point je le regrette. Donne-moi une autre chance. Donne-nous une chance.

Elle secoua la tête et posa la main sur son torse pour l'arrêter. Mais c'était également une façon de s'assurer qu'il était bien là. Que cette scène n'était pas un effet de son imagination.

— N'essaie pas de me convaincre en me troublant.

— Tu es déjà convaincue. Tu sais que ce qu'il y a entre nous est exceptionnel.

— C'est juste…

— Non. Ce n'est pas juste sexuel. Ça ne l'a jamais été.

— Qui interrompt qui, maintenant ?

Ignorant sa question et son regard noir, il poursuivit.

— À un moment j'ai envisagé de faire ça publiquement via les médias, mais je me suis dit que ça ressemblerait trop à une manipulation. Comment pourrais-tu répondre librement à une demande en mariage diffusée en direct à la télévision et à la radio ?

Une demande en mariage ? Kassie vacilla sur ses jambes.

— Ce serait très embarrassant pour toi. Par ailleurs je ne veux pas te piéger. Il faut que tu saches exactement à quoi tu t'exposerais.

— Quoi donc ? demanda-t-elle dans un souffle.

— La folie médiatique. Les flashs. Les questions. Les commentaires. Le jugement permanent. Tout ce dont a souffert ma mère. Tout ce que j'ai voulu épargner à ma sœur. Tout ce que tu subiras de toute façon tôt ou tard. Parce que j'ai beau faire des efforts, je reste égoïste. Je te veux dans ma vie, même si ça doit te causer certains désagréments.

Il posa les mains sur le mur de chaque côté de son visage et plongea son regard dans le sien.

— Je suis désolé, Kassie. Je regrette que tu aies pu croire que je voulais te cacher comme un secret honteux. Ce n'est pas ça du tout. Simplement, tu m'es tellement précieuse que j'ai tendance à vouloir te garder sous clé pour ne pas risquer de te perdre.

Il haussa les épaules.

— Je lutte contre cette envie. La vérité c'est que je t'aime. Il m'a juste fallu un peu de temps pour le comprendre.

Elle resta sans voix. Avait-elle bien entendu ?

— Je t'aime, répéta-t-il avec un sourire plein de tendresse. Je veux passer ma vie avec toi.

— C'est trop tôt, murmura-t-elle. Tu me connais à peine.

— Je sais que tu es honnête, loyale et drôle. Que tu aimes les gens et que tu es toujours prête à leur venir en aide. Je sais que tu es solitaire. Que tu mérites d'être aimée sans réserve. Mais…

Il s'interrompit et prit une profonde inspiration avant de poursuivre.

— Mais si tu penses qu'il est trop tôt pour que je t'aime… ça signifie que tu ne m'aimes pas. C'est pour ça que je te demande du temps. Pour que tu apprennes à me connaître et à me faire de nouveau confiance. Tu ne peux pas savoir à quel point je m'en veux de t'avoir fait perdre cette confiance.

La gorge nouée, elle murmura :

— J'avais peur. Parce que ce que je croyais impossible m'était arrivé.

— Quoi donc ?

— Je… J'étais tombée amoureuse de toi.

Il lui donna le baiser le plus tendre et le plus bouleversant qu'elle avait jamais reçu. Puis il sortit un écrin de la poche de son jean.

— La tradition exige que la future femme du roi porte les diamants Cristallino. Voici la bague, et ce collier fait partie de la parure. Il y a également un diadème mais je n'ai pas réussi à le faire rentrer dans ma poche.

Le cœur battant à tout rompre, elle secoua la tête.

— Je ne peux pas… Nous ne pouvons pas…

— Bien sûr que si, nous pouvons. Je suis le roi. C'est moi qui décide. Je peux épouser qui je veux. Et c'est toi que je veux.

Il laissa tomber la bague et le collier par terre pour prendre son visage entre ses mains.

— Les diamants sont beaux, traditionnels et chargés d'une haute valeur symbolique. Mais je veux t'offrir un bijou destiné à toi seule. Qui n'a rien à voir avec la tradition. Que j'ai choisi avec l'espoir qu'il te plaira, parce que, même si je ne te connais pas depuis longtemps, je crois te connaître.

Il sortit un petit écrin de son autre poche. Il l'ouvrit, dévoilant un rubis somptueux.

— Elle te plaît ?

Une larme roula sur la joue de Kassie.

— Elle est magnifique.

— Comme toi.

Il laissa tomber l'écrin et lui glissa la bague au doigt.

— Tu n'as pas à choisir. J'espère que tu accepteras les deux. Le public voudra voir les diamants. Par respect de la tradition. Mais dans l'intimité… cette bague est pour toi. Rien que pour toi.

Elle se hissa sur la pointe des pieds pour lui donner un baiser mouillé de larmes de bonheur. Refermant les bras sur elle, il le lui rendit avec ferveur. Quelques minutes plus tard ils étaient dans la chambre et tombaient enlacés sur le petit lit à une place. Lorsque livreur de pizzas sonna à la porte, ils ne l'entendirent pas.

Épilogue

Six mois plus tard

— Comme elle est belle…

Kassie contemplait le bébé niché dans les bras de sa belle-sœur.

— Elle est minuscule, commenta Giorgos en se penchant par-dessus son épaule.

Damon et Eleni avaient décidé que leur fille devait naître à Palisades et ils avaient passé les trois derniers mois de la grossesse au palais. Ils partaient pour l'île privée de Damon dans quelques jours, mais pour l'instant ils venaient de faire faire la première photo officielle de la princesse Antonia, âgée de quelques heures.

— Elle est vraiment minuscule, insista Giorgos quelques minutes plus tard dans le couloir qui conduisait aux appartements royaux.

— Et ça te fait peur ? demanda Kassie.

— Disons qu'en la regardant j'éprouve le besoin irrésistible de la protéger.

Elle le précéda dans leur suite.

— Hum… Il va falloir t'y habituer.

— M'habituer à quoi ? demanda-t-il en fermant la porte.

— À côtoyer des êtres minuscules qui mettent quelques années à atteindre leur taille définitive.

Il s'approcha lentement d'elle.

— Qu'es-tu en train de me dire ?

— Je pense que tu es assez intelligent pour l'avoir compris.

— Nous ne sommes mariés que depuis trois mois.

Le mariage avait été retransmis en mondovision. Giorgos avait déjà instauré plusieurs « nouvelles traditions », mais il avait tenu à respecter celle du mariage en grande pompe. Pas parce que c'était ce qui se faisait depuis toujours, mais pour montrer au monde entier qu'il était fier d'épouser Kassie. Eleni et Damon avaient apporté un soutien bienvenu à la mariée pendant les minutes angoissantes qui avaient précédé son entrée dans la cathédrale pleine à craquer de têtes couronnées et de célébrités en tout genre. Dès qu'elle avait croisé le regard de Giorgos, son trac s'était évanoui. Il lui avait adressé un imperceptible clin d'œil malicieux, accompagné d'un sourire radieux qui l'avait exaltée. Puis une vive émotion avait altéré son regard émeraude. La vidéo de cet instant était devenue virale. Le monde avait découvert tout à coup que le roi impassible avait non seulement le sens de l'humour mais aussi un cœur tendre. Depuis, l'histoire d'amour du couple royal était le sujet le plus abondamment traité dans la presse people de toute la planète. Heureusement, ils avaient pu s'échapper pour une lune de miel idyllique au Pavillon d'été.

— Oui, trois mois. Et nous allons devenir trois.

— Alors tu es vraiment enceinte ? Je m'en doutais.

— Bien sûr ! ironisa-t-elle.

— Tes seins sont plus pleins, tu es un peu fatiguée, et tu as du retard. Et tu sais quoi ? J'ai hâte de te voir devenir mère.

— Et moi donc ! Oh ! comme je suis heureuse ! Et terrifiée. Et excitée. Je n'arrive pas à y croire !

Elle laissa échapper un petit rire ravi. Une lueur familière s'alluma dans les yeux émeraude.

— J'ai envie de toi.

— Oui. Moi aussi.

S'adossant au mur, Kassie noua les bras sur la nuque de Giorgos. Il remonta sa jupe et fit glisser sa culotte sur ses cuisses. Puis il captura sa bouche dans un baiser gourmand.

— Jamais je n'aurais pu imaginer un bonheur aussi parfait, murmura-t-elle contre ses lèvres en nouant les jambes sur ses reins, alors qu'il la soulevait contre le mur.

— Moi non plus. Je t'aime.

Vous avez aimé *Pacte avec un roi* ?
Retrouvez en numérique *Mystérieuse Eleni*,
l'histoire de la sœur de notre royal héros !

Retrouvez en août 2019,
dans votre collection

Azur

Le secret de Manhattan, de Kate Hewitt - N°4114

ENFANT SECRET

Un gratte-ciel de Manhattan, des lumières qui scintillent derrière de vastes baies vitrées. Voilà le décor dans lequel Maisie fait le ménage, la nuit, pour un jour atteindre ses rêves. Habituée à arpenter les couloirs dans la solitude, quelle n'est pas sa surprise de découvrir, un soir, un homme attardé au bureau. Un homme splendide nommé Antonio Rossi, et dont la tristesse lui étreint le cœur. Bientôt, tous deux se laissent aller à quelques confidences, puis à une étreinte passionnée. Une folie qui n'est pas sans conséquences…

Cet insupportable patron, de Cathy Williams - N°4115

COUP DE FOUDRE AU BUREAU

Face à Matt Strickland, Tess sent la colère l'envahir. Cet homme d'affaires brillant qui vient de l'embaucher pour s'occuper de sa fille, la considère avec une insupportable condescendance. Elle aimerait lui dire le fond de sa pensée, mais elle se doit pourtant de rester calme et professionnelle. Non seulement Tess a cruellement besoin de cet emploi, mais surtout, il n'est pas question qu'elle abandonne la petite Samantha aux seuls soins de ce père autoritaire et débordé…

Irrésistible Jafar, de Rachael Thomas - N°4116

LES PRINCES DU DÉSERT

« Je veux vous engager… pour être ma femme. » La proposition de Jafar al-Shehri laisse Tiffany sans voix. Certes, elle est réputée pour organiser de somptueux mariages, mais de là à endosser le rôle d'épouse, il y a un pas ! Pourtant, Jafar sait se montrer persuasif : il s'agirait d'une union platonique de trois mois seulement. Si bien que Tiffany accepte de suivre le cheikh au Shamsumara… au risque de bientôt le regretter !

Une vengeance grecque, de Trish Morey - N°4117

Athéna n'en revient pas. Son père, si peu présent dans sa vie, vient de tout lui léguer : sa fortune, une villa grecque, un immense yacht, un hélicoptère… Et surtout, l'île d'Argos ! Alors qu'elle prend timidement les rênes de sa nouvelle vie, elle tombe sous le charme d'Alexios Kyriakos. Parce qu'il est lui-même milliardaire, elle est sûre que c'est à elle seule qu'il s'intéresse, et non à son héritage. Hélas, elle découvre bientôt que son amant ne l'a séduite que pour se venger de sa famille…

Les vœux d'une héritière, de Louise Fuller - N°4118

« Je le veux. » Rien ne pouvait davantage réjouir Max Montigny que d'entendre Margot Duvernay lui promettre amour et fidélité. Autrefois rejeté par la famille de la belle héritière, il a connu le pire. Jusqu'à ce que, à force de volonté et de travail, il revienne sur le devant de la scène. Aujourd'hui, afin de préserver son domaine et les vignobles de champagne dont elle est la PD-G, Margot n'a eu d'autre choix que de l'épouser. Et cette union sous contrainte est pour lui la plus délicieuse des vengeances…

Mariée à Dante Vittori, de Tara Pammi - N°4119

Épouser Dante Vittori ? À cette seule pensée, Alisha frémit tout entière. Bien qu'il soit l'objet de tous ses fantasmes, le bel Italien est son ennemi juré. Certes, il ne s'agirait que d'une union de convenance entre eux, et qui lui garantirait des fonds inépuisables pour la fondation qu'elle dirige. Mais à côtoyer Dante, ne risque-t-elle pas de perdre tout contrôle ? Les risques sont bien réels, en effet : chaque regard échangé pourrait éroder sa résistance, et la frontière entre haine et amour se troubler dangereusement…

L'honneur d'une Sicilienne, de Jennifer Hayward - N°4120

Née dans une famille de mafieux siciliens, Gia Castiglione s'est toujours pliée aux ordres de son clan. Jusqu'à cette nuit-là où, grisée par le désir, elle s'est abandonnée dans les bras de Santo Di Fiore, oubliant alors qu'elle était promise à un autre. Si cet instant d'égarement a bouleversé sa vie jusqu'à la contraindre à fuir aux Bahamas, Gia ne l'a pas regretté. Car un enfant est né de cette union interdite. Un enfant qu'elle a protégé durant trois ans, mais dont Santo est aujourd'hui venu réclamer la paternité…

L'héritier de Rodrigo Cabrera, de Jennie Lucas - N°4121

SÉRIE : *HÉRITIERS SECRETS & SCANDALEUSES MARIÉES* - 3/3

Rejetée avec mépris par Rodrigo Cabrera, Lola lui a caché être enceinte de lui. Hélas, maintenant que le milliardaire a découvert son secret, il exige que son héritier porte son nom ! Bientôt mariée sous la contrainte, Lola tente de résister à Rodrigo, si arrogant et distant avec elle. Mais emportée par la passion, elle comprend que, face au désir, il ne peut y avoir qu'une seule issue : la reddition...

Les roses de la passion, de Melanie Milburne - N°4122

SÉRIE : *D'AMOUR ET DE HAINE* - 1/2

Fleuriste, elle sublime les mariages. Avocat, il plaide en faveur du divorce. Autant dire que tout sépare Holly de Zack. Du moins, jusqu'à ce qu'ils soient déclarés fiancés, bien malgré eux. Dès lors, et pour tirer profit de cette situation scandaleuse, Holly décide de se prêter au jeu. Mais elle a beau lutter contre le désir qui la rapproche de Zack, elle sent peu à peu ses résolutions vaciller. Au point qu'elle oublie soudain qu'il ne s'agit entre eux que d'une comédie...

Au service d'un cheikh, de Sharon Kendrick - N°4123

Hannah peut être fière de son parcours. L'orpheline sans racines travaille aujourd'hui dans un hôtel qui symbolise le luxe absolu, sur une île méditerranéenne de toute beauté. Dans ce palace défilent princes et hommes d'affaires, héritières et stars hollywoodiennes. Habituée à côtoyer les puissants en toute discrétion, elle n'en est pas moins impressionnée d'être un jour mise au service exclusif du cheikh Kulal al-Diya. Face au roi du désert, dont l'aura virile la captive, la femme de chambre réservée n'est soudain plus que désir...

Une tentation interdite, de Dani Collins - N°4124

Depuis toujours, Rowan O'Brien représente le fruit défendu pour Nico. Rowan, la femme dont les traits délicats et les courbes voluptueuses hantent ses longues nuits d'insomnie, mais aussi la seule femme qui lui soit interdite. Non seulement parce que son propre père considérait Rowan comme la fille qu'il n'avait jamais eue, mais aussi parce qu'il déteste l'homme brûlant de désir et impulsif qu'il devient en sa présence. Pourtant, lorsque la mort de leurs parents les oblige à cohabiter, le temps de régler la succession, Nico sent ses résolutions vaciller. Pourquoi ne pas céder à la tentation, juste une fois ?

Composé et édité par HarperCollins France.

Achevé d'imprimer en juin 2019.

CPI
BLACK PRINT

Barcelone

Dépôt légal : juillet 2019.

FSC
www.fsc.org
MIXTE
Papier issu de sources responsables
FSC® C108412

Pour limiter l'empreinte environnementale de ses livres, HarperCollins France s'engage à n'utiliser que du papier fabriqué à partir de bois provenant de forêts gérées durablement et de manière responsable.

Imprimé en Espagne.